平生欢

经典纪念版

七堇年 著

浙江出版联合集团
浙江文艺出版社

我的八零年代

——《平生欢》再版序言

关于二十世纪八十年代有两首歌我最喜欢，一首是雷光夏的《我的80年代》，另一首是张蔷的《我的八十年代》。这两首歌风格迥异，却带来一样的泪意。

几年前，也曾想写个故事，关于“我们这一代”是如何长大的，类似所谓的“八零年代青春史”，于是就有了《平生欢》。现在想来也是汗颜，怀有如此野心，大概真是青春时候的事情。谁也不能代表谁的经历，顶多能从别人的江河中看到自己的倒影罢了。

很快又是几年过去了。三十岁的夏天，横穿加拿大南部，从西到东，长途旅行。一路都是爽晴，阳光倾泻而下，将落基山脉洗得发白。寒温带的针叶林，远看像极了一道道松绿色的雪崩。一句卡尔维诺的话闯进脑子，大意是说，所有过去可能发生但是没有发生的事情，都是树干上枯萎的枝丫。

不知道万山林海之中的每一棵雪松、云杉、冷杉……它们孤独吗？它们度过了什么样的春夏秋冬？

人海之中的你呢？

某个粉红色的黄昏，开车转过一个弯，一首歌砸进我的头颅——朴树的《No fear in my heart》，崭新的曲子，熟悉的嗓子，叫我不由得想，听《白桦林》的那些花儿，现在去哪儿了呢？十年来，时间涌现出更美的歌，更红的脸，更多匪夷所思的潮流，一代与一代之间的分野就这样裂开，三十岁的门槛就这样跨过去了。

他们提醒我说："嘿，今年是你写作的第十年，说点儿什么吧。"这里的他们，指我的读者、朋友、编辑，所有那些我心存感激而又不知道如何感激的人。

我总是诚惶诚恐，害怕给了大家令人失望的回答。实话是，即使不写作，也会这么过上个十年。就好像天下所有的父母，即使没有孩子，头发也会花白。而人哪，往往自以为是付出过多。

从来不敢声称自己是多么虔诚的写作者，我不过是把生活的影子勾勒了出来，等阳光照下的时候，地上就留下了一条拙劣的、模糊的粉笔轮廓。

至于现实中的自己呢，因为太想要事事清醒，所以反而挣扎得

越来越混浊。

歌声中的心无所畏只是一种愿望。每一天都是新的日子，老的问题。没有绝对，也错不到哪儿去。

所以总有一天，我们会在未来与往事重逢，彼此感慨相见不晚，欢如平生。

平生欢，喻素来交好。古曰：

“（徐公）不妄交于人，一日，忽过予，一见之，如平生欢。”

——［宋］张淏《云谷杂记·侍郎徐公帖》

“（简叔）无半面交，访余，一见如平生欢，遂榻余寓。”

——［明］张岱《陶庵梦忆·姚简叔画》

“平生欢：后汉马援与公孙述同里闬相善，以为当握手，欢如平生。”

——［明］张岱《夜航船》

是为题。

序幕

这么多年，有些事像一只插销，死死地别在心门上。锈了之后，里面的打不开，外面的进不去。

在苏黎世见邱天那次，时近黄昏，云渐渐融解于天空，落日快要熄灭了。

她在火车站接我，坐一把电动轮椅，旁边插着伸缩拐杖。彼此认出来毫不费力，隔得远远的，点头笑笑，也都不着急，等下车的匆匆人群走光了，她才慢慢启动轮椅，靠近我，问："时间还早，想走走吗？"

好像我们不过是刚刚下班的同事。

我像当年一样，在背后推着她，慢慢走。旁边有不少匆匆的旅行者，走得很快，他们是去看莱茵河瀑布的。

刚走两步，她说："我们要看瀑布吗？不用的话，朝下坡走吧。到河边有好多阶梯，没法推车，这几天我走不了路，腿有点儿痛。"

我看着她的腿，说：“对不起……你……现在，腿还痛？”

她说：“没什么，只是每年这个季节这几天，都莫名其妙地痛。”

我想起母亲跟我说过，她下乡做知青的第二年，清明时节，挑水时在石阶上踩到青苔滑倒，浑身浇透，闪了腰，留下伤，如此几十年，每年清明节那几天，极其准时地，腰椎都会痛。

冥冥中，身体也是有记忆的。

于是我们改变方向，朝市区走了很长一段。在一家小餐馆前，我停下来，问：“吃饭吗？”

她说：“还是回家吃吧。”

搭上有轨电车一起回了她的住处。小公寓，四壁白净，生活的简单和普通，一览无余。她一个人，做饭的时候把拐杖放在旁边，腰胯靠着厨台，腾出两只手。要去冰箱拿一只鸡蛋，就把拐杖拿起来，再挪动身体。

我站在她身后，斜靠在墙上，问：“要帮忙吗？”

她说：“不用，你坐着吧。”

我尽力表示对她独立生活的尊重，于是坐回桌前静等，翻看一本她随手放在椅子上的书。

简单吃了晚饭，我很快收拾了碗盘，冲洗干净。她开了一瓶自酿的甜葡萄酒，坐下来聊天。没多久，很快喝完，又开了一瓶。以为度数不高，后劲却大。她坐在轮椅上，我陷在小沙发里，喝到夜深，说了很多话，却又好像什么都没说。喝酒反而易渴，我嗓子都干了。

停顿的间隙，窗外透进来一丝丝风，清透如歌，异乡的空气，竟熟似童年的气息。夜晚的苏黎世老城十分安静，窗下的脚步声清晰可闻，利马特河静静流淌，让我想起故乡的雾江。

雾江的夜，美如一则谜。一江逝水衬以渺渺银河，星辰如撒，近得快要坠下来似的……其壮阔与寂静，令人又喜又哀。但那都是从前了。

灯很暗，她闭上了眼，恹恹地说："人越长大，朋友越少了。邵然，以前我们那些人，你平时联系得多吗？平义、陈臣、白杨、弹簧……什么的。"

我说："不太多，但一直没断。"

停顿的间隙，岁月好像咳嗽了一声，提醒我们什么该说，什么不该说；什么该被想起，什么不该被想起。

她闭着眼睛，没再说话。

沉默之间，我突然感觉，这些年的千山万水，在此刻终于静止成为一幅画，就这么无法被涂改地，置于眼前。

第一章

1.

听母亲说，拆厂子的时候，厂里的遗老遗少们都聚在对面的土方和楼顶上围观，怎么驱赶也不散去。

年轻人有的双手插兜儿站着，有的蹲着，老人拄着拐，妇人抱着孩子。他们像一大群正在静静反刍的食草动物那样，默默站立着，望着渐渐消失的厂区，眼神发愣，看不出喜怒。

远处传来闷如滚雷般的爆破声，烟尘腾起，遮天蔽日，厂房微微倾斜，像一个老人缓缓坐下。

过了好一会儿，又一座也坐了下去——如此紧接着连续几座，竟又像一排跪绑的死囚，随着枪声挨个儿扑倒下去。

一个星期之后，厂子变成一片望不到头的瓦砾，一直连上跟瓦砾一样灰暗的天——那让我想起童年那些无所谓始、无所谓终的日子，青白青白的天，无云无日，就这么空空洞洞地亮着，亮了又灭了——几十年便过去了。如今厂子拆得只剩一段砖红围墙，如帝国消失长城犹在，维护着一种行将没落的尊严。

废墟尸骨未寒，新的楼盘已经迫不及待地开建了。豪华的售楼部就在厂墟旁边，以墟衬之，更显无情，仿佛时刻都在提醒人们，这里很快将是一场沧桑之变。

开发商将这个巨大的楼盘命名为“芸庭·枫宸”，精美的楼盘广告手册上煞有介事地写道：“汉时芸若充庭，槐枫被宸……”然而厂子的遗老们一听“风尘”，立刻挂上了嫌恶的表情，啧啧地撇开了嘴。他们所习惯的，是这里被称为“厂子”的时候。

厂子，在雾江，是个专有名词。说“我是厂里的”，人们便知道，是“那个厂”，而不是什么棉纺厂、肉联厂……年代久远了之后，普通人也说不清到底厂子是做什么的了。

其实这里曾经是一座只有代号没有名字的军工厂，生产炮弹、子弹、火药。工厂吃香的年代，这儿的子弟个个一脸蛮傲，恨不得将厂名刻在脑门儿上，外出都穿工服，成群结队骑着大横杠的凤凰车，招摇过市。

到了和平光景，生产过剩的炮弹、火药积压成灾，仓库不堪重负，管理疏漏，终于酿成重大事故——

在一个酷热的夏暑之夜，雷暴之后，一个防空洞改建的大型火药仓库发生爆炸，霎时间，火光冲天，连锁爆炸巨响如雷，震得整座小城都在发抖，伤亡数字至今仍是个谜。那次事故之后，炮弹不生产了，工厂转而用生产炮弹的钢材来做菜刀、剪刀。

很快，这些皮实的刀具也滞销了，于是工厂转而生产鞭炮、火柴、灯泡、螺丝。

再后来……我就说不上来了，毕竟那时我们已经离开了子弟学校，四散他乡，走得越远越好。

这当然是后来的事情，换作二十年前，没有人会愿意离开厂子。这里的职位是可以“世袭”的，人们削尖了脑袋要进来，求一个铁饭碗。它是一个社会，一个城中城，四世同堂比比皆是，从爷爷到曾孙，都在这里生根发芽：在厂医院出生，进厂幼儿园，上厂子弟学校，毕业了进厂里顶替父亲工作。玩的是厂灯光球场，看的是厂电影院，逛的是家属菜市场和商贸铺。夏天泡厂里的游泳池，春节玩厂里的游乐园……从买菜看病到上学就业，全都在厂里。

我一直好奇，所谓的厂子，到底还有没有工人。因为我身边熟悉的人们，有电影放映员、游泳馆售票员、食堂厨师、司机、商店售货员、看门人、学校老师、会计、领导……但就是没有技术工人。

时代，看似绵长，优柔寡断，而一旦它背弃起你来，轻易得就像一个陌生人转了个身——快得让人花一辈子都回不过神来。

如今这里已被夷为平地，往日光辉早都烟消云散，只剩下一群人的生活。

生活是历史的骸骨，亘古不变的——柴米油盐酱醋茶：每天，人们去完菜市场，便抱着孩子纷纷挤进售楼部里，围着沙盘模型没完没了地吹牛，张家长，李家短，王家豆腐酸。当然，总有几个大爷运筹帷幄，你一个伊拉克战争我一个朝核危机……牛皮吹得好像联合国不过是他家后院。

能吹牛的，都是还能买房的；买不起房的，和厂子一起消失了。

所有人都忽略了，一张面目依稀熟悉的照片，挂在开发商的主页上。他是谭黄。

2.

弹簧，理所当然地，我们都这么叫他。他也甘之如饴，在毕业纪念册上，落款就画个螺旋，权当签名。

子弟学校里，他那张黑瘦黑瘦的脸，有猴子似的狡黠，配上一个啼笑皆非的名字，像一个敬业而勤恳的喜剧演员，上演层出不穷的调皮捣蛋。

十来年后我见到的弹簧，和少年时一样高，没再长个儿，一身虚胖，皮肤发暗，嘴唇绛紫。大概是长年生活无规律，成天饭局、酒局给灌的。但他还是一条豪情汉子，总觉得自己是粗人，所以对我们这帮老实上学的老朋友很敬重，说话客客气气。

他已身家不薄，一路摸爬滚打，酸甜苦辣，一笑带过，呵呵地请我吃饭。我不由得扯了扯夹克外套的底边儿，以为是开豪车赴奢华饭店的阵仗，小有一丝紧张。结果他的司机只是开一辆普普通通的黑色帕萨特，穿过一条比车身宽不了多少的破旧小街，放下我们就走了。

小馆子在一个破旧的瓦房院子里，矮墙泛青，大水缸养了金鱼，几大盆植物层层叠叠靠着墙兀自开花。小馆子高高挂着几串大灯笼，红黄不辨，忽明忽暗，木头桌子大条凳，几桌酒客谈笑甚欢，竟颇有几番古意。

他坐下来就说："别嫌寒碜，这儿的饭菜，比大饭店什么的好多了。我专门带你来的。"

我开涮他："谭总，低调啊。"

他笑笑，眉宇间有了一种淡然，说："咳，浮云啊，浮云。快别这么叫我了，我就是一弹簧，就叫我弹簧，还真喜欢这名儿，能屈能伸。真的。"

"穷过的，知道什么叫风水轮流转。不来虚的。"

他又补了一句。

那晚我们一醉方休，爽口的家常菜，地道极了，吃得很开心，喝得也开心。说起往事纷纷，感慨万千，又怕矫情，于是话里吞话，有长段长段的空白。

我对他提起白杨，他呵呵呵地笑。

谁都知道弹簧情窦初开得够早，从十二岁就开始追白杨。才小学五六年级，人都还没长开，也没有在同班，都不知道他怎么看上她的。当然，几年之后白杨出落成公认的校花，足以说明弹簧眼光非凡。

十二岁的弹簧陷入初恋，晚上回家，翻开一页新的作业本纸，开始写情书。写得困了，稀里糊涂忘了撕下那一页就合上本子，倒头大睡。第二天慌慌张张上学，把本子往书包里一塞，到了学校就立马交了上去。

于是放学前，班主任将我们全都留了下来，沉痛万分地说：

“我要念一篇谭黄同学写的作文。”

老师清了清嗓子：“小白……”刚念一个开头，老师铁青的脸就绷不下去了，差点笑场。

我们拼命强忍着，不敢迸发出狂笑，忍得脸都涨红了。

弹簧这才反应过来自己干了一件蠢事，开始坐不住了，极为不安却又强作镇定，不时左看右看，脸色渐变，青红白紫轮番上阵，滑稽至极。

他俨然是我们少年时代的蜡笔小新，种种荒唐，死皮赖脸，成为我们多年来的笑话。时间长了，连他自己都分不清，到底是玩笑，还是钟情。

3.

记忆中，站在高处望去，厂区一片灰黑的屋顶，望不到头似的，构成了我们漫长的童年、少年。时隔已久，往事变得像那一大片灰色屋顶那样面目模糊，我却如此清楚地记得弹簧他们一家的细节——

每天早晨，弹簧都和爸妈一起蹲在门口吃面，而且永远是吃面，面里永远放蒜，嘴里那股味儿让我一直不爱和他说话。到了中午，他们家则是各人端一碗饭蹲在门口，菜搁在饭上。吃完饭，谭爸爸心满意足地拿筷子敲了敲碗沿，再站起来去锅里舀汤喝。到了晚上，就是蹲在门口喝粥，就点儿咸菜。

我始终记得，每次经过他们家门口，一股股面香、饭菜香扑鼻而来，如果不是因为蹲着难受，又不太好意思，我也真想管他们要一碗来吃。

我问母亲："为什么弹簧家总蹲在门口吃饭？"

她说："家里太小，放不下桌子。"

我说："他们家的菜可真香啊！"

母亲脸色不好看了，骂："你个吃别人家饭香的臭小子！"

大约就靠这喷香的饭菜，弹簧到十四五岁时终于蹿了个子，瘦条儿一个。都知道他极其聪明，但极其厌学。一年四季穿长袖长裤，遮住满身瘀伤，都是给他爸打的。他父亲是个酒鬼，也是个暴徒，厂子里的群架，十有八九都有他。不管上不上班，都喝醉，醉得在车间昏睡，倒下的时候撞到了电闸，差点切掉别人的整条胳膊。

谭父被车间辞退之后，改看守大门。冷清清的工厂，看门人都是老弱病残，不过摆设而已。他爸大冬天裹着蓝军大衣在门口的小破间儿里，一把藤椅、一张硬板床，对着个饭盒儿大小的黑白小电视，一个人看相声、喝酒、值夜班。

谭父很少回家，一回家就打儿子，也要打儿子他妈。弹簧性子倔，咬着牙受着，有时候要跟他爸对打。家里鸡飞狗跳，平常事。我经常枕着他们家摔盆砸碗的打架声入睡，第二天看到弹簧，乌青眼圈，还是嬉皮笑脸，什么都不说。

弹簧厌学，老师已放弃管教。初中时他天天逃课，整日和外面的几帮坏小子厮混，抽烟、打台球、泡录像厅，痞子一个——明明只是十几岁的脸，却总是邪邪地笑，大冬天，单衣挂在薄薄的身躯上，佝偻着背靠在墙角抽烟，挑起眼皮来看人，像个鬼魂一样在学校周围游荡。

有年寒假，我在一个不常去的篮球场打球。那儿很偏，夜里十点过的光景，四下渐渐起了大雾，不知道怎的，打球的人们像约好似的，齐齐跑了，只剩我。我远远听着一群人窸窸窣窣的步伐和碎语声，由远到近，另外一边又来了一拨儿，两股杀气像山一样夹过来。

我慌了，赶紧躲进角落的灌木丛里，气喘吁吁，蹲在那儿窥看。他们的头头儿在争执什么，一会儿，好几声清脆的玻璃瓶碎响，一句话都没有，闷不作声地，两拨人就干起来了。

干了一阵，才渐渐有了人声，叫喊的、骂娘的、呻吟的……在夜雾里，他们的身影就像皮影戏一般，鬼魅至极。

我手一滑，篮球朝他们滚了过去。我唯恐被发现，连篮球都不要，吓得跑回家了。

厂子太大，日子太闲，无所事事的年轻工人，成帮结队，像一个个火药桶在街上滚动。无处释放的荷尔蒙总是被小得不能再小的屁事儿给点燃，每年都有那么一两次大的群架。

那天深夜，我们一家人早都睡实了，弹簧妈妈突然来敲我家的门，借酒精、纱布。

我爸妈跟着去了。进了屋，见谭爸爸一头的血，一身酒气，人事不省地躺在地上，嘴里还在日妈捣娘地骂着什么。我们家酒精只有一小瓶，弹簧往他爸爸头上抹了两下就没了。

酒精一来，他爸痛了，臭骂着起身要打人，闭着眼睛挥手就是一下，打在弹簧脑门儿上。弹簧大吼一句脏得没法说的粗话，“啪”的一声，一巴掌狠狠按住他爸的整个鼻脸。众人也赶紧七手八脚把谭爸爸按住，有的还坐在他的手上、腿上，不让他动。

谭妈妈又急又乱，翻箱倒柜地从床底下找出谭爸爸的几罐烧酒——那种乙醇兑水搞出来的火酒。弹簧拿过来，闻了一下，嫌恶地皱了皱眉头。他取下塞子，恶狠狠地往他爸爸头上浇下去。

弹簧一边倒火酒，一边牙关咬得“咯吱咯吱”响，腮帮子一阵鼓一阵凹，像含着一颗跳动不已的心脏。

我印象好深，他发狠的样子，像极了他爸。

4.

多年后的那次重聚，我和弹簧喝到夜深。馆子里，其他客人都走完了，只剩我们一桌，杯盘狼藉。

他喝得叉开腿，斜躺在桌子角，像个天涯沦落客，懒懒地说：“邵然，我这种命，差点儿就成了垃圾堆里的耗子。说到底，还是我妈救了我。”

我不搭腔，静静地由他说。

“……你知道的，我爸嗜酒，没钱，痨得慌，就去买假酒来喝，结果甲醇中毒，眼睛瞎了。他连大门都不能守了，就在家待着吃低保。

“治病欠一屁股债。没人管。我妈一个人，白天给人打扫卫生、洗衣服、做保姆，晚上也做工，一天累到晚，养活我们两爷子。

“那时我不懂事，成天东游西荡，就是不想回家……”

他说到这里，顿了顿，喝了一口酒，抬头久久看天。我想他可能是怕掉泪。

“有天，我跟那帮痞子去卡拉OK玩。你知道那种……红帘子拉着的，里边儿就一个电视放情歌，纸歌单，自己对着话筒唱那种。我之前没去过，他们叫上我，我还挺高兴的。

“中途喝高了，两个男的带一女的出去了，说是上厕所。后来我听到外边儿吵起来了，他俩跟一个卖东西的吵，大概是为一包烟什么的。吵得越来越凶，只听到他们在吼，没怎么听到那个小贩的声音。吵了好久，听到砸东西的响声。

“我出去，看到那个卖烟的女贩，一玻璃板子的烟，全被打坏在地上，踩得七零八落。玻璃也碎了。我那两个朋友气势汹汹地冲她吼。

“我也喝多了，嬉皮笑脸地走过去凑热闹，快走近了，才看到……那个女贩是我妈。

“我都不知道我妈每晚出去，就是卖烟、卖零食。推着一个小破车，上面放着一个木盒子，有玻璃板那种。零碎还有些棒棒糖、泡泡糖、火柴。她在人们喝茶下棋唱歌的地方，端一张小板凳，坐着摆摊儿……

“我看到她时，她还没看到我。

“我第一反应是躲。赶紧转过身去，想跑，但挪不动腿。我感觉像有两面墙在夹我，喘不过气来。然后他们打人了，我听到我妈叫，怎么打人啊！

“那一刻我终于受不了了，蹲下，捡了块砖头，站起来追上去就拍了他们。他们还没反应过来，我拉上我妈就跑了。”

弹簧停了很久很久，没说话，仰着头抽烟。一颗泪终于还是顺着鬓角滚进了他的耳朵。他擤了擤鼻子，抹了一下耳朵，然后转过身，头低下来，肘支在桌上，盯着自己的碗，说："这事儿，就像一根鞭子。我跟自己说，要混出个人样来。"

长夜寒静，天上无星，城市的灯光将夜空染得什么也看不见。我们静静地，像两只离群的野兽，站在漆黑的原野深处，眺望虚无的方向。

第二章

1.

我们的生活在江边，日子却如止水。那是独属于二十世纪八十年代的简陋、寂静，时间仿佛比现在走得更慢，天光更长。长大后都成了游子，在有大江大河的城市，总想起故乡，想起儿时的天青白，雾雨淡，四季不明，终年灰绿……

但也仅仅是想起而已，游子谁都不泊岸，谁都不回去。

记忆中的厂子，是座静静的围城，心安理得地衰老，在太阳下坐在藤椅上打盹儿，任时代像个顽童，在眼前蹦跶吵闹，转瞬之间，跑不见了。

日子尽管平静而卑微，但微澜之间，偶有投石。在我出生之前，邱家孩子淹死在江里一事儿，算一块石头，打破过大院生活的宁静。

漫长夏日，厂里的人爱跑去江边游泳。那个下午，同去游泳的几个孩子都是七八岁的男娃，只顾着自己疯玩，谁都没发现少了她。

上了岸，拎着衣服走了一段，最小的那个才突然问：“邱叶呢？”

众人脚步停了一下，最大的那个回头看了一眼江边，回过头来说：“自己回去了吧！她就在江边踩水，衣服都没脱！”

他又看看四周：“衣服也没在这儿啊。”

队伍中间有个孩子不耐烦地推了一下前边那个人：“快走啊！”

众人的脚像被上了发条，就这么走了。

到深夜，邱家找上门来的时候，几户人家才慌慌张张地拎上自家孩子，打着手电筒满江边搜寻。

人们的呼喊声像某种遥远而神秘的歌声，随着一束束手电筒发出的萤火，沿着江边回响，传得很远，很远。

没有找到尸体，一天两天、一个月两个月之后，寻遍下游各处回水湾，都没有。正是独生子女政策刚刚施行的年头，邱妈妈结了扎，生不出来了。他们家哭天抢地，可戏码演久了，人就看烦了，像祥林嫂丢了阿毛。

邱家烧了孩子的所有衣物、玩具，抹去一切痕迹，从此绝口不再提。抱养邱天，是第二年的事。从极贫困的乡下找来，据说刚好和邱叶是同一天生日。

2.

邱天自小在父母的万般溺爱中长大，生生给惯得骄横无比。她家家境稍好，有一台老式的彩色电视机，我一放学就爱厚着脸皮赖在她家里看电视。偶尔来人不少，一屋子汗臭小屁孩守着电视机傻乐，八一厂或上影厂的黑白水墨动画，《小蝌蚪找妈妈》之类，重播多次了，还是照样看。可是每到晚上七点，她父母就堂而皇之地切掉我们的节目，《新闻联播》片头音乐应声响起，那沮丧顿如倾盆冷水泼头而来。播音员字正腔圆的普通话，回荡在整个公用走廊，四下“噼里啪啦”炒菜的声音也遮掩不住。

邱天很生气，眼见我们纷纷耷拉着脸，作鸟兽散，她急得跳起来大声问：“爸爸！这《新闻联播》有多少集啊？什么时候完？”

她爸爸说：“《新闻联播》没有集，永远不会完。”

我们听了，都不信。

3.

子弟学校的同学，大都是邻居，一家家都住在生活区的联排宿舍里。有平房，也有双层楼。不论青砖或红砖，屋内格局皆一进一，两间房。室内并不宽敞，为了利用空间，门口的走廊兼阳台便沦为仓库，被各家各户用于堆放杂物、锅灶，很快就变得狭窄而逼仄。

放眼望去，那走廊上的杂物，像是一叠又一叠生活的佐证，如此靠实，如此沉默，灰尘像它们身上的皮肤一样。它们就这样一日日、一年年地堆砌起来，堆成了人们的一辈子，又一辈子。

那是毫无隐私可言的生活——人们住在一起，工作在一起，买菜在一起，洗澡在一起，孩子上学在一起。邻居之间，每家每户来了什么人，有谁得病了，晚上吃了什么菜，奖金拿了多少钱，孩子考试多少分，一目了然。

每一天下班的广播号声响起之后，从生产区流出的自行车像洪水，纷纷涌上街道，“叮叮当当”奔向菜市场，奔向家属区。整个家属区很快恢复人气，六七点光景，一片炒菜做饭的炊烟袅袅，噼里啪啦，香气扑鼻，家家户户围坐吃饭；八点，碗洗完了，大人们抱着婴儿四处散步，大声聊天。

而我们这一大帮小孩子，做完了作业，成群结队地出来玩耍，追逐打闹，亡命奔跑，捉迷藏，踩影子……尖叫声，大笑声，呼喊声……那时候不知何处而来那么多快乐，在破陋的家属区久久回荡不散。

直到十点之后，家属区才渐渐恢复宁静，遁入睡眠。在那样的夜里，江边的挖沙船，总是从远处传来机械作业的轰鸣声，在万籁俱寂之中，催眠曲一般伴我入梦。

如此日复一日，构成了我头脑中对于生活这个概念的最原始的理解，以至于无论多少年后，我回想起雾江，第一个跃入脑海的，竟然就是那夜晚江畔挖沙船的声音，在睡梦的边缘徘徊，像极了远处的神秘异兽在吼叫。

4.

邱天长得好看，小小一张脸，肤白胜雪，杏眼柳眉，吃穿都讲究，比起我们一个个黄毛丫头臭小子，像天外飞仙。但谁也没法将这一张甜美的面孔和她的性格联系起来——儿时的邱天被父母惯得豪强霸道，动辄抢人东西，打人，耍横。

大人们都用讳莫如深的语气叫我们：“多让着她一点儿吧，乖。”

“凭什么！”我们相当不满。

大人说："你们不懂，长大再给你们讲，听话。"

小孩子可不管这么多。放学路上，不知道因为什么事儿，她在路边跟人扭打起来，所有的孩子都围过来起哄。没人站在邱天一边。

一定是那个孩子从家长口中听到了什么，他冲她吼："你根本就不是你爸妈亲生的！你是捡来的！农村的！生下来没人要！你死了姐姐了不起啊！你才该死！你们全家都该死！"

邱天愣了好长好长时间，恼羞成怒地，突然猛扑上去掐那个孩子的脖子，死死不放手。

一边是红脸，一边是紫脸，差点就要闭气。好不容易被拉开来，邱天气得扭头就跑，猛推开旁人冲上马路。

一辆货车刚刚冲过来刹不住，她几乎直接睡在了轮子下面……

一片血泊，一片混乱。人们叫得声音都变样儿了。七手八脚地，就着那辆货车把她送去了医院，车座车门上全是血，一路滴。

几天后她在医院苏醒过来，周围一片煞白，想不起自己在哪儿。父母摸着她的头，掉着泪说："医生要保你的命，要把你的腿给锯了。"

她几乎没听懂。见大人们是认真的，又轻轻地问："他们什么时候锯我的腿？"

"……已经锯了。"

5.

我没有想到血缘这个东西，如此微妙，如此强大——自从知道父母不是亲生之后，邱天如同被抽走了底气，突然不再开朗，也不再骄横。截肢后的邱天，一夜之间变得如此沉默，沉默得像一只影子，徘徊在我们热闹的童年之外。

她回到学校，来了我们班。那天的她，妹妹头，红裙子，像一颗樱桃。拄着拐杖，一直低着头，低得看不见脸，只有黑黑的妹妹头轻轻随脚步摆动。孩子们都屏住了呼吸，目光黏在她身上，眼球随着她的移动而移动，轻轻扭转头。

直到她慢慢地坐了下来，坐在了我的身边。

这一同桌，就是近十年。十年间，日子如一片青草，除了翠绿还是翠绿。阳光下，它散发出植物的辛香以及泥土的腥湿之气。但草地只是草地，没有花，没有树，总归是单调的。岁月渐渐播撒了那么多种子在草地上，我们的生命才得以变成森林。

幼年时，许多次春游，邱天都没有机会参加，因为我们总是被带去爬山。

那是多少年前的一个下午，我们去往一座山里的老教堂。老教堂已有将近一百年历史，连同教堂旁边的神学院，矗立在半山腰。教堂已经废弃多年，青苔舔着白墙，半壁沧桑。教堂前是一片树林，荫翳宁静，阳光透过枝叶，洒下星星点点。耳边偶闻鸟啾禽啁，像意外踏入一块秘境。我第一个到达，因为长时间爬梯奔跑，我的心跳狂乱而剧烈，像鼓声，但眼前的一切就像一只宽厚手掌，抚摸我安宁下来。

我还从未见过西洋建筑，对教堂感到格外惊奇。它像个暮年老人，静静坐着打盹儿，任由我绕膝打转，轻轻伸手触它，抬头仰望它破旧的钟楼。

累了，坐在山崖边的一块大石头上休息。清风如丝缎般撩动，眼前格外开阔。天色青白，日光和煦。正值南方的春天，灰绿色的丘陵、田野、城镇，安安静静地铺到视野尽头，像巨幅刺绣上一个个细密的针脚。

天空中，一大片鸟群似水面的浮萍，聚散不定，在辽阔天际肆意游荡，掠过头顶。

极其遥远地，我听到了一段广播体操的喇叭声，来自不知名的远处。声音淡极了，混合着一两声更加遥远的犬吠、鸡鸣，隐隐约约，若有若无。人间如此生动而遥远，丝丝入扣，那一刻，无来由地，兴许是生平第一次，我感到人间广漠如谜。我像一个不断失败的猜谜者，终于放弃一切，吸一口气，闭上眼睛，任阳光抚摸我的额头。

光明的力量在于，即使你闭上眼，眼前还是那么刺亮。

6.

小学毕业前的最后一次春游，终于没有爬山，老师们带我们去“飞机坝”。那曾经是民国时期的一个军用机场，停用了几十年，如今只剩一大片草地，废弃的飞机跑道像外星遗迹一样镶在绿地上。终于不再是爬山，老师在宣布消息的时候，特意请邱天一定要参加。

又是一个甜蜜的晴天，像蜜糖一样，糯溽、粘连、柔软……阳光是液体的，像糖浆状的大海。我们带着南方春天特有的春困，一个个脸蛋都晒得发烫，坐在草地上唱歌、跳舞、打哈欠，吃了很多零食。

玩游戏的时候，我们围成一个大圈，把邱天围在中间，要她表演节目。

她羞涩极了，忸忸怩怩了很久，任凭我们一遍又一遍地哄她、鼓励她，都没有用。她还是支着她的小拐杖，站在我们围成的圆圈中间，低着头盯着自己的脚尖，好像我们是在审判她。

就在她忸怩到大家快要失去耐心、老师彻底放弃，乐于表现的弹簧都快要按捺不住站起来接替她的时候，她突然淡淡地、小声地，唱开了——好端端一首著名西德电影插曲，被她唱得颤颤抖抖，声若蚊蚋：

小小少年，很少烦恼，
眼望四周阳光照。
小小少年，很少烦恼，
但愿永远这样好。
一年一年时间飞跑，
小小少年在长高。
随着岁月由小变大，
他的烦恼增加了。

7.

班上为了照顾邱天方便，将她和我连桌的座位固定下来，不用每周调换：第一排右边，靠近走道，离门口最近。学校生活对她来说，上厕所是最麻烦的事。那年头厕所都是一条通坑拉到底，有隔断就不错了，哪来残障设施。邱妈妈给她带去一张中间镂空的凳子，架在我们那层楼女厕所的条坑上，做成一个简易的临时坐便器，不然她单靠一条腿没法蹲下来。

直到她出国之前，这张凳子都一直跟着她，旧了再换新的，像一则无法破除的恶咒，紧紧跟随。学校组织春游、看电影，一切集体外出的情况，我都义务帮她带着凳子，等她要上厕所的时候，再由一个女生陪同，帮她放在厕坑上。

邱天自尊心很强，为了不让人看到她如厕的样子，她永远选择在上课铃响，众人都回教室的时候，再独自如厕——毕竟她迟回来一点，老师也不会怪罪她。

所以这也是为什么，那次她在厕所摔倒时，里面空无一人，连一个扶她起来的人都没有。

上课有十分钟了，按平时的话，她应该回来了。班主任看看我旁边的空位，停下来，皱着眉头问："邱天去哪里了？"

我摇头："不知道。"

一个女生犹犹豫豫地站起来，说："报告老师，刚才看到她进厕所了。"

老师说："那你过去看看怎么回事。"

一分钟之后，远远地听到那个女生惊慌失措地跑回来呼救：“来人啊，邱天摔倒了！”

我当时什么也没想，本能般第一个猛冲出去，根本没有意识到那是女厕所，就这样直直跑了进去——

凳子的腿折了，斜斜卡进蹲坑，拐杖横在她身上，那场面简直乱得如同一堆垮了的积木。邱天昏厥过去，人事不省。她像那张折了腿的凳子那样，歪斜着倒在厕所最后一间隔断的角落里——

她还未穿上裤子。

我就这样无意间突然撞见了她裸露的下身，整个人一下子僵住，呆若木鸡，脑中一片空白，肢体都动弹不得。班里的女生们随后就跟进来了，扑上去手忙脚乱地帮她穿上裤子，扶她起来。一个女生叫我：“邵然，快点背她去医务室！”

我这才回过神来——顾不上什么了，赶紧背上她，“咚咚咚”往校医务室跑。老师年纪大了，吓得面如土色，跟在我们后面踉踉跄跄地下楼。

邱天躺在病床上，校医对我们说：“可能是脑震荡，快点送去大医院，看看是不是鼻梁骨折了。”

8.

那时的我们都是无知的，关于爱和善良，我们的表达如此笨拙。

帮过忙的女生，把这件事洋洋洒洒地写进周记里。老师也是好心，出于很明显的正面目的，特意等邱天康复返校之后，把作文拿到班里来念。

可是谁都没有想到，老师在台上念着念着，邱天却低下头来，咬着嘴唇哭。

我们刚开始还以为是所谓的集体温暖叫她感动，却没想到她越哭越厉害，几近上气不接下气，以至于最后完全失控，放声大哭，号啕不止。

教室里鸦雀无声。

那哭声撕心裂肺，像房间里的一头大象，还在渐渐膨胀，挤压得每个人都变了形，几乎无法呼吸。

我们不理解，连老师都不理解。老师露出一种极其意外而扫兴的表情，拉下脸来，说："邱天同学……"

突然，老师又不好说什么了。她极为苦恼地摘下了眼镜，停止了念诵，将周记本反扣在讲桌上，以万分沮丧和无奈的表情看着邱天。

哭声还不见消减，仿佛一个世纪那么长的几分钟过去了，还好，救命的下课铃声终于响起。

老师垂头丧气又无可奈何地默默整理教案，准备离开教室。走出去之前，她走过来对我低声嘱咐："你留下来，好好安慰一下她。等她好了，叫她到我办公室来一下。"

同学们陆陆续续站起来，不像往常那样喧闹欢快，只是安安静静地，纷纷离开了教室。

下一节，是体育课。

我坐着没动。

人走光了，整个教室空空荡荡的。她哭累了，趴在课桌上，像一只奄奄一息的鹿。

又过去好久，她直起身来，默默埋头在抽屉里找纸巾擦泪。

我没有纸巾，刚想凑近安慰安慰她，问问她为什么哭，她却铁青了脸，抬起头来警惕地看着我，猛地抓住一个圆规，“啪”的一声，把圆规压在课桌的三八线之处，尖的那端对着我。

我惊讶地望着她。

她以一双哭得通红的眼睛，极其绝望地盯着我，嘴唇被咬得出了血，一个字一个字地警告我：“不准越过，不准碰我。”

9.

刚残疾那几年，邱天孤僻至极，不与人说话，在我面前，她脾气坏到了极点，像一把利刃，未经生活的锈蚀，格外锋利，伤人十步以外。我们同桌，可她有时候能连续几天完全不跟我说话；有时候又突然因为一点小事，一旦周围没人，就会失控地对我大哭大叫，摔东西，狠狠掐我、揪我。

我所有的文具都是坏的，都被她摔过。我不明白，为什么她对所有人都如此内向、如此沉默，却独独对我一个人凶。

只能说——或许是从我无意中看到了她的下身，看到她如何摔得像一张破凳子一样歪斜在厕所一角——看到她当众号啕大哭的那一刻起，我内心某种内疚与同情，叫我面对她时心态格外复杂。

她莫名其妙地凶我，我也生气。但我生气时有选择，我可以不理她，我可以跑出去打球，和同学们玩。跑跑跳跳，也就忘了。

但她没有选择。

她和我生气，她对命运发怒，但她无处可去。

那么多次，我跑出去蹦蹦跳跳，回来的时候，寂静空荡的教室，只有她无可选择地，还是坐在原地，像块木头一样一个字也不说。

我便觉得极为不忍心，也就不再生气，陪她坐一会儿，虽然什么话也没有说。

邱妈妈在过年的时候，来我们家拜年，送我很多新文具，拉拉扯扯非要塞给我压岁钱。

说起邱天，她哭得整张脸看不清五官，差一点跪在我面前，说："小天她……脾气不好……我知道小然你性格好，人也好，我们请求你，拜托你，多多担待她……她还这么小，心里苦也不跟我们说……我们也没有办法……"

10.

我与邱天同桌将近十年，直到高二文理分班才分开。想想一生，其实没几个十年。头两个十年，日子显得那么缓慢、拖沓，连一节课都那么长，长过如今恍惚就过去了的一天。

大约是人长大了，懂了事，后来邱天渐渐不再对我凶，只是依旧少言寡语。家人又放心，又担心。她话那么少，像一只完整密封的罐子，存放着一肚子心事，安安静静放置在那儿。我知道她的爱好是看书。该是对人世多么意兴阑珊的人，才能够静心看那么多书。我受她的影响，也看一些，但不过是学学风雅，囫囵吞枣而已。

母亲对我说："你有空儿多陪陪小天吧。"我很听话，少年时代每个寒假、暑假，我们几乎都在一起做作业。累了下棋、聊天、看电视。有时推着她去看厂里的露天电影，放些什么片子，早都记不得了。老片看得我们恹恹欲睡，在夏日燥热的夜晚，浑身都是蚊虫咬的包，散场后，我推着她慢慢走回家。

抬头，是漫天银华。星辰静静地，在夜空中安属于自己的位置，这等浩瀚而寂静，像极了万家灯火，或茫茫人海。

分班后，邱天默默离开我——就像十年前，她像一颗樱桃一样，无声地掉进了我的花园，只是在我的抽屉里，悄悄放了一本旧的苏轼词选，在扉页上写："赠邵然：轻云薄雾，总是少年行乐处。"

书中夹着一封厚厚的信。

在信里，她以极其羞愧的语气，犹豫再三，鼓起万般勇气，隐晦地对我提起过去——过去她曾经暴戾，无法驯服内心那头困兽的时候，她这样提起，我才依稀想起来——噢，是的，好像过去她曾经脾气不好，对我很凶，的确如此。

那时的她，像我们每个人一样，一切情绪来自对自身无能的愤怒，并且很容易把这种对自身无能的愤怒转嫁给身边的人。

她在信里对我写：

邵然，从前我这样对你，可能是因为，你是离我内心痛苦最近的一个人，所以我将所有的怨怼，都交给你。对不起。那时的我什么都不懂，被命运击昏了头。

……

希望你原谅我。

折上信纸，我有一丝百感交集。

是的，命运的爪牙之下，每个人有每个人的狼狈和无助。对于我们健全人来说，这种狼狈和无助藏在内心；对他们来说，是刻在体表。因为他们的内心，往往比普通人更强大。

也就是这样，我们在分班之后，一直保持书信联系——写读书所得，写个人心事。从同一个学校，写到天各一方。想来那时候我们之间的相处方式，格外沉默而古典。隔一两天就见面，但话也不多说，只是交换信件。当然，她写得多，写得长；而我写得少，写得短。毕竟，我有更多选择。对我来说，除了书本和写信之外，生活还有许多其他内容，陪伴我的也不仅仅是拐杖和板凳。对于写信，我有时候不免敷衍，好似一种同情心所驱使的责任感，仿佛不写的话，便很对不起她，仿佛她的快乐建立在我的回信之上。而实际上，这也许仅仅是我在高估自己，高估同情心的价值——同情，大概是她最不需要的东西之一了。

十多年的书信往来中，当然有许多断层空白——那时我们已天各一方，被迫面对生活序列中的意外情节，措手不及；各自陷在自身际遇的沼泽里，难以抽身。

在生活逐渐露出本来面目，将我一次次打回原形之后，还没走多远的路呢，能记挂起的人和事，就越来越少了。我只能继续写给自己，写给邱天，写给更多更多的陌生人，竟然就这样写出了一条意外的谋生之路，成了一个靠码字为生的家伙。自觉或不自觉地，我听很多人的故事，旁观很多人的生活。爱与恨，荣与辱，每一则都不一样，其实又都一样。说到底，上帝创造的这个人间，是一出不断重复演出的戏剧，未免太缺乏想象力了。

生活多么无趣，但一则则无趣的生活编织在一起，才构成了生命的繁华。

第三章

1.

日子如平静死水，微澜像年轮一般缓缓扩散。故乡依旧贫瘠，依旧丰饶。像一片田野，一眼望去不过是片翠绿，实则每一株稻秧，都长得不一样。

我们的厂子虽然不怎么样，子弟校却还不错，尖子生不少，硬说成绩的话，拿出手也不丢人。厂子在最穷的时候，关闭了电影院、游泳池、食堂，把从牙缝里抠出的钱都给了子弟校，大概就是因为它关系着下一代的命运。唯独把钱花在学校上，众人才没意见，否则不管把钱花在哪里，这碗水都端不平——小城市穷人家的孩子，不靠读书，怎么出得了头？

所谓“书中自有颜如玉，书中自有黄金屋”，父亲写了个大匾额，挂在我的卧室。满眼的渴盼，一副“我们这代就这样了，看你的了”的模样。

升学压力之下，学校竟无形中成了厮杀之地。

李平义，尖子生。皮肤很白，个子不高，宽颔圆耳，有种极其微妙的智福之相。极其内敛沉默的一个男生，话太少，以至于初中之前都不受人瞩目。

高中之后，突然睡醒了似的，成绩一跃而起，理科极其好。由于记忆力惊人，文科自然也不在话下。

曾经，我们遇到难题，排着队找他请教。后来渐渐没有人再做这种傻事了——他的思维之快之跳跃，连批改答案的老师都头疼。我们不自量力，找他讲题，听得自尊心碎了一地，连他说什么我们都跟不上：代数大题，别人要写满满一大页的推理计算，他只写两三行解题步骤，就扔出一个最后答案放在那儿。老师苦口婆心地说："平义，好歹你多写几步——你这样万一不小心算错，一分都得不了；至少多写几步，可以拿大半分数。"

他点头，但依然我行我素，丝毫不为所动。

平义是个很静得下来的人，不怎么热爱运动，只偶尔找我打打乒乓球。即便和我一起的时候，话也不多。

令人望而生畏的智商，也是一种气场。好似他有一个完整缜密的世界，没有任何节点，可供外界干扰侵入。

2.

任何一个圈子里，总有"既生瑜何生亮"的一对儿。与平义相对的，是陈臣。

少年时的陈臣，长得像母亲，一脸清秀，标致极了，瘦高个子，聪明大方，钢琴十级，成绩又好，从来都是子弟校的宠儿。女生写给他的情书，每个学期他都一盒盒烧掉，怕被抓到，要被父亲痛打。

直到后来我们长大，走出了雾江，掀开了世界的一角面纱，知道了天地何其折与远，才渐渐看到山外山、人外人。但在那之前，我们胸中藏着一个个跳动不已的滚烫的梦想，以为世界只有厂子这么大，登上子弟校成绩榜的第一名，就是世界之王。殊不知，假如一个人的视野太小，如井底之蛙，那么大概一只蚊子也足够让它们争抢至你死我活。如果蛙们知道井外有湖，有江，有海……它们之间的故事，也许不一样。

当然，也说不好。

蛙，毕竟是蛙。

厂子自然是这样的一口井。圈在一口井里的蛙们，终日为蚊子大小的事，明争暗斗，鸡犬不宁。每年就为了一个评先进，子弟校的老师们争得脸红脖子粗。

李平义和陈臣的父亲，都是子弟校的老师。李父和陈父搭配教一个班的语文和数学，多年如此，私下里却多年不和——倒不是李父的原因，李父为人平和，不爱争抢，教学认真，人际关系处得很好。每年先进名额就只有一个，其他人都争得面红耳赤，无论给哪个，真正的原因是，这事儿都摆不平，干脆就给了唯一不争不抢的李父。

连续几年下来，李父极其无辜地成了众矢之的。

3.

陈臣父母离婚之前，两口子彻夜吵架是平常事。闹一整宿，陈父第二天耷拉着一副铁青的黑眼圈，去学校上课。学生们见他脸色不好，个个大气不敢出，只纷纷私底下认定："肯定是昨晚打牌又输了，别惹他。"

隔了多少年了，我还能听人津津乐道地说，那次陈母到单位里来找陈父说和气，结果他在上课，办公室里，李父坐在那儿改作业，两人办公桌本来就隔不远，于是陈母就和李父聊起来了。

陈母话匣子一打开，越说越委屈，越说越伤心，眼泪花儿没忍住，"噼噼啪啪"往下掉。李父叹了一口气，一边劝慰她，一边站起来拿着纸巾递上去，拍拍她肩膀。这场面，刚好被下课回来的陈父见到，那脸色一拉，就阴了下来。

陈父目光冷冷地扫过李父，又扫过老婆，腮帮子咬得"咯吱咯吱"响，一凸一凹。他伸手一把将老婆拽到走廊上去，拉上了门。

那是个阳光灿烂的日子，他俩吵架的影子投在办公室的墙壁上，越说越激动，动作夸张极了，好像剪影动画，办公室里所有人都在看好戏。

两人显然说不到一块儿去，陈母气得当场就走，陈父也是烦躁地手一挥，轰然拉开办公室的门。

他一步跨进来，撞见所有人幸灾乐祸的看好戏的表情，两边都很尴尬，纷纷埋下了头。

陈父一屁股坐下来，越想越气，越想越气，那口恶气憋在胸口上，使他变成了一支箭，被愤怒拉了满弓，疾射出来，却找不到靶子。

最终他没事儿找事儿跟李父杠上了："李老师，我说你安的什么心，我们家的事不用你管，我家女人找上门来你怎么随便跟人拉拉扯扯的？"刚开始一个巴掌拍不响，李父瞥了他一眼，懒得搭理他，坐在那儿气定神闲地批改作业。陈父不甘心，得寸进尺，咄咄逼人，一手端着个茶缸，一手指着李父的鼻子骂。茶缸的水，左晃右晃，东洒西洒，终于泼在了李父正在批改的作业本上。

李父忍无可忍，突然站起来，一把夺过那个茶缸，"咣"的一声狠狠摔在地上，一句话没说，就这么定定地盯着陈父。那一声碎响，如此刺耳，震得所有人都抬起了目光，办公室一瞬间鸦雀无声。

陈父"你你你你你"了半天，气得手直抖，四顾半天，找不到台阶下，只得摔门而出。

4.

陈臣三岁时，父母离了婚。

说起来，之前之后，我都从未见过比陈母更美的女子。她祖上本是地主，大户人家。换了天下之后，家道中落，由于成分不好，遭遇诸多不顺遂。经人介绍和陈父结婚，不外乎是看中他在工厂工作，又是老师，成分好，铁饭碗，盼望能改变生活。

两人第一次相会，本是她勉勉强强才去的。然而路边的洗衣妇倒水，溅到了她小腿上，他殷勤地半跪下身子，掏出手帕，细细为她擦干。

一个有手帕的教书的男人——他俯身下来之时，她就此动了托以终身之念，想：罢了，寻个老实人也好。

但现实是，陈父说到底不过是个破落工厂的教书匠，郁郁不得志。谁都不知道，是境遇造就他的性格，还是性格造就他的境遇。总之，自打两人结婚之后，从头吵到尾。

那年头类似如此的婚姻太多了。但凡能有一点儿合得来的，忍得下的，都凑合着过了；实在合不来的，彼此都磨坏了，还是合不来。

离婚容易，为了争儿子，陈父以死相逼。在法院，他一把抱着陈臣，当场就要从窗户跳下去，十足一场闹剧。陈母不得不放弃，独自去了省城。据说她改嫁的，是省城里的一个官员。

婚姻失败的陈父将一切希望都放在陈臣身上。黄金棍下出好汉，在陈父的调教之下，陈臣从小没敢考一个第二名。小学时考了九十五分以下，他根本不敢回家，磨磨叽叽走在后面……小脑袋上顶着一朵乌云，令人生怜。

不敢回家，有时一个人不知道躲去什么地方，有时会跟我回家，在我家吃饭、做作业……等陈父找过来的时候，操起家伙就要打陈臣。我父母会拦着，让陈臣不被打得那么惨。

跑得了和尚，跑不了庙，至于他回去之后，关上了门被打成什么样，没人知道。

每当我忧心忡忡地望着陈父拧着陈臣的耳朵把他拖回家的背影，我父亲就会端着茶杯踱着步子到我背后来，语重心长地说："你看你看，人家陈臣那么优秀的，都要挨打。你啊！就是打得少啦！还不快去做作业！"

5.

迈入青春期的门槛之后，白杨在弹簧孜孜不倦的明目张胆的追求中，声名远播，并且不负众望地出落成美丽少女。那年头清汤挂面的校服、马尾，依然无法掩藏她的天赐姿容。是那种每个人见了都会心头为之一亮的面孔和身段。

弹簧当然没追到她。他笨拙而鲁莽的方式，除了成为我们的笑料之外，没有任何实际效果。写情书失败之后，对于心头这茬割了又长的初恋情怀，弹簧所能做到的最煽情的方式，不过是纠集一帮小坏孩子，在放学路上拦住白杨，不让她走。

那帮少年密密实实地围着她，十几双目光像一簇簇火把，燃烧着刚刚萌发的男性荷尔蒙气息，亢奋、冲动、狡黠，压抑着内心那股原始的爱慕，就这么团团围住她——不知道能做什么，也不敢做什么，只是不让她走。

弹簧像个大佬一样，见羊羔进了圈，才悠游地从路旁的石头护栏上跳下来，拨开人群走近她，和白杨四目相对。他本来是想逼她就范的，但白杨出人意料地一脸凛然和不屑，没有丝毫畏惧，突然让他乱了阵脚。照他想来，白杨应该惊慌、害怕，然后他能在一大帮手下面前，很有面子地俘虏她的心；同时也能昭告众人，白杨是他的人——录像片儿里不都这样吗？

然而白杨就这么直直地盯着弹簧，一直盯着他，直到把他彻底盯得怵了。她那尖尖的微微抬起的下巴，宣告了一种不屑。弹簧进退维谷，最终选择挪开了目光。之后，白杨就伸手拨开了人群，使那帮少年怔怔地让出了一条缝，她就在他们炽烈的注视下，堂而皇之地走了。

我一直奇怪，白杨那么漂亮，为什么除了弹簧，再没有男孩敢正大光明地追求她。明明谁都忍不住多看她几眼，明明她常常跳进我们的梦里，搅动我们本来就躁动的心。

后来我想，也许是因为她太漂亮、太鲜亮，所以使人感觉，关于她的梦，尤为遥远。而自我否定，是放弃的开始，不是每个人都有勇气去追一个自己认定追不到的梦想的。

但弹簧不一样。不管我们怎么笑他、怎么拿他开涮，他仍然在每天放学之后都去堵她，要送她回家。他像一条欢快的小狗那样围绕着她，和她说话，看她笑，连她的臭脸色和不耐烦，都让他甘之如饴。

初三的时候，弹簧父亲嗜酒而不得，喝了甲醇，眼睛瞎了。家里欠下许多债，弹簧去印刷厂偷高中的卷子拿出来卖，被抓到，学校要他退学。弹簧心一横，想着反正也不喜欢读书，家里也困难，就这样离开了学校。在我们纷纷升学的夏天，他终止了他的学生生涯。

谁都不知道，那个夏天，他去找血贩子卖血，换来一点点钱，给白杨买了一条裙子。是一条白色百褶连衣裙。那不过是他们俩在放学路上一起走的时候，白杨的一句玩笑话，他就当了真，用卖血的钱去买来送给她，以此作为临别礼物。

他只是对她说："我就想着，你穿肯定好看。等着以后做我老婆，再给你买更漂亮的。"少年时的深情，总是这样不留退路，一贯到底，貌似气势如虹，实则不过是雨后幻景。

白杨捧着那条裙子，望着弹簧。他的笑容因为朴拙而显得很无辜，叫她无所适从。

裙子不合时宜，她从未穿过。夏天过去，她和陈臣在一起了。

6.

俨然偶像剧的男女主角，白杨和陈臣，郎才女貌，为我们黯淡的校园生活增添了一抹亮色。他们如此般配，似乎就应该是爱情应有的样子，在我们幽暗而枯燥的井水般的日子中，搅动一丝浪花。回想起他们冒着老师和家长的百般阻挠，艰难恋爱，十足可歌可泣，连悲壮的味道都有了。有时候都不知道，到底是为爱而爱，还是为了这种反抗，为了一口气，才偏要这样爱。

相识是在假期的补习班里，他们偶然同桌。沉闷而无聊的课堂，他在作业本上写了一句话，碰碰她胳膊肘。她趁老师转过身去写黑板时，移过作业本来，低头一看，抿嘴一笑，写了回复，又传给他。

写了大半个暑假，显而易见地，也没有什么惊天动地的表白和剧情，一切不过是水到渠成。等补习班结束，他约她去江边玩耍，在血红的晚霞中吻了她。是一个蓄谋而唐突的、令她心跳紊乱的吻。他的唇离开了她，她还紧张得不敢睁开眼睛。

她以为他至少要说点什么，可他没有。她微微睁开眼睛，依稀看到他的面庞和晚霞融为一体，竟分辨不出来。

不得不说，父母总是这样的：小学和初中的时候，他们指着我鼻子，抖着手，把没考好的卷子往我脑门儿上扔来，嘴里说的是“你看人家陈臣”；到了高中，就变成了“你看人家李平义”。

李平义在高中迅速崛起，受打击的似乎不是陈臣，而是陈臣父亲。

陈臣都长成小伙子了，深夜里我还常常听到他在家里被打。陈父破口大骂，拿铁丝衣架子往他身上抽，翻来覆去就那几句话，说他没考好，没用心，成天干什么去了。那样的夜晚，只有陈父的咒骂声，没有陈臣的叫喊。我听不到他哭叫，而听不到声音，更叫人害怕。

一点儿也不奇怪陈臣开始厌学，专门与他父亲作对。他明白，他的失败，就是对父亲最大的伤害。他终于找到一个以牙还牙的方式，他就是喜欢这样看父亲受伤害而已：故意交白卷、逃课，当然，他恋爱。好像一个王子无心江山，一落千丈，只为了在他父亲的软肋上，踩上几脚。

高二文理分科之后，和邱天一起同去理科班的老同学，还有李平义、陈臣。不少人说我运气好，新同桌变成了白杨，全校最漂亮的女生。可我知道美人心里是只有陈臣的，两人没在同一班，能相处的时间不过就是那么一点点而已：一节课间、一次升旗仪式上的碰头、一次广播操。他们尽一切可能将晚自习之后回家的路变长一点，走慢一点，再慢一点，再慢一点。放学后，在校门口相互等待，碰头之后，一起回家。像没有明天似的，肩并肩，十指紧扣，慢慢走。

当然也总是闹别扭——两个人都漂亮，在吸引异性关注方面，势均力敌。争执多半是因为吃醋，在晚自习溜出来见面，在漆黑操场的角落里吵，有时候是在教学楼的楼梯间。她哭得双肩颤抖，他又极其无奈地抱她。一切都旁若无人。

我见过他们分别时的拥抱，两条细瘦的侧影，在昏暗的路灯下相互交织，抱得那么认真，那么用力，好像真的要生生世世。

7.

弹簧离开雾江后，和人出去做生意，闯天涯，干些什么，不清楚。每回来一次，模样就变一次，但不管他变成什么样，回来第一件事总是打听白杨的消息。

听说陈臣和白杨吵架，白杨受了委屈，弹簧气得骂了一串脏话，酒瓶子一摔，就离席而去。他像从前那样纠集了几个人在放学路上堵住陈臣。

陈臣正在和女生嘻嘻哈哈，弹簧走上前去，一帮人把陈臣围了个密实。

弹簧直直地看着他，一个耳光狠狠地刮下去，骂："你对得起白杨不？"

陈臣抬起头来，硬把目光顶回去："有种就单挑啊！叫这么多人来看热闹啊？我跟她的事儿你管得着吗？！"

弹簧再一耳光狠狠地刮下去，骂："老子就管了！老子管到底！单挑就单挑！你们都给我滚开！"他冲周围的人一吼，把他们全都震得远远儿的了。

陈臣也红了眼，两人扭打起来，你死我活地在地上滚。陈臣当然打不过弹簧，他被双手反剪按到墙上，弹簧在背后压着他两只手腕和脑袋，像拷问似的："说！你还敢不敢对她不好？"

陈臣嘴硬："关你妈的屁事！"

弹簧就一脚踢他的膝关节内侧，他跪了下去，膝盖在墙上擦破了。“你个龟儿子再敢对她不好，我……我他妈废了你，你信不信？！”

弹簧狠狠地把他往地上一推，又啐了一口唾沫，然后一走了之。

白杨知道这件事情的第一时间，冲去找弹簧，就站在他家门口。

弹簧的爹妈仍然和十年前一样，每天蹲在门口端着碗吃饭，一眼望过去，仿佛时间停顿的画面——只是两颗埋着的头，日复一日、年复一年，从乌黑吃成了花白。

弹簧当然早就不和他们一起吃饭了，外面混过了回来，翅膀就硬了。打落了牙往肚子里吞也好，风光得意也好，一概只字不提，只是把票子交给家里，爹妈也就什么都不管了。

白杨站在屋外，踮起脚尖冲里边喊：“弹簧你出来！”

他爹妈愣了一下，默默把脸从碗口上抬了起来，莫名其妙地看着白杨，又回头看了看屋内。弹簧从屋里出来，刚醒，头发乱得像鸡窝。

白杨拽着他的袖子把他扯到一边去，压着嗓子骂：“关你什么事？！你以为就你能打架啊？！”

弹簧被一盆冷水泼下来，胳膊一甩，拨开白杨的手，一脸愤怒地看着她，说：“你护着那孙子干吗？我帮你出气你不感谢我还——”

“我和他的事儿跟你有什么关系？！没听见我叫你离我远一点吗？！”白杨冲他吼。

弹簧气急了，嘴里骂了一句：“你怎么这么贱啊！”

白杨愣了半天，回了他一句：“哪有你贱！”

两人气得各自扬长而去。

8.

剑拔弩张的高三。在考试、功课、老师和家长的夹缝中，陈臣与白杨仿佛负隅顽抗的亡命鸳鸯，一路跌跌撞撞，死守孤城，煞是悲壮。

我与白杨同桌，就这么眼睁睁看着她在上课的时候睡觉、发呆、在课本上乱描乱画、给陈臣写字条。晚自习经常被老师叫去训话……白着脸出去，红着眼进来。

被叫去训话了的晚自习，在走廊上一站就是一两个小时。老师语重心长，家长苦口婆心，翻来覆去就一句："只要把这一年给忍过去，你想干什么干什么，想怎么玩怎么玩。"

她低头不吭声，有时候被说得掉眼泪。回到教室，低着头，眉眼都是红的。坐回我旁边的座位，默默整理放了一晚的空白题集。我都做完好几页了，她的才刚写两个字。

她总是在那样的时候，红着眼，佯装镇定，冷冷地对我说："作业借我抄一下。"

刚开始我还有些犹疑，看她一路抄得行云流水，题都不看一眼就写满答案，不由得问她："要不我给你讲讲吧？不然考试你怎么办……"

"不用，谢谢。"她眼皮都不抬，边写边说。

末了，她似想起什么，突然抬起头，侧着脸，极为尖锐地问："你不会是不想给我抄了吧？"

我一愣。

她见状，立刻就撂下了笔，抽出我的题集要甩给我，俨然一副"你不给我自有人给我"的架势。

我伸手按住她的题集，说："我真不是这个意思……"

她就冲我笑笑，说："我就知道你最好了。"

不知为何，她那样一笑，好端端一张美人颜，却令人倍觉心酸。

我忍不住对她说："白杨，你何必。"

她抬头看我一眼："莫名其妙！"说罢便继续低头抄作业，不时低头玩指甲。

9.

高三那年大年初二的晚上，有人在我家门上"砰砰砰"一阵猛敲。我迷迷糊糊去开门，赫然看见陈父揪着陈臣的耳朵站在门口，陈臣浑身上下只穿了一条内裤，鞋子都没穿，脸冻得发青，一直在哆嗦。陈父举着一把铁丝晾衣架在他背上抽，大喝一声："说！给每个人说！挨家挨户说！你干了什么！"

生铁一样腥寒的沉默。

陈臣死死垂着头，被打一下，全身就收缩一下，但仍然不开口。

"说啊，说话！敢做不敢说啊！"他父亲在大吼。

我瞠目结舌，吓傻了；父母闻声跑来一看，也吓了一跳。

我母亲赶紧拿了大棉衣把陈臣包裹起来，我父亲则拉住陈父，要他冷静。他们父子被拽进了屋里，陈臣仍惊魂未定，坐在那儿直发抖，一脸乌青。

陈父煞红一张脸，还在骂："狗日的死崽子，趁我不在，胆敢把女娃带回家睡觉！操他妈的，翅膀硬了是不是？老子直接把他从被子里拖了出来！狗日的……”

陈父骂得声泪俱下，劝都劝不住。收了他的铁丝衣架，他还不停地扇陈臣巴掌。

陈臣一句话都没说，低着头，蜷缩在棉衣里，像个小孩子，眼泪“吧嗒吧嗒”直掉，膝盖上湿透了一大片。

陈父一直在骂，话都是重复的，翻来覆去也就那几句，像一只锣鼓在耳边一直敲，“嗡嗡”的，我都快听困了。一直折腾到夜深，陈父大概是骂得累了，一场戏才算完。

陈臣披着我的棉大衣，又蹬了一双拖鞋，狼狈地跟着老爸回家去。

我父亲跟着出了门，拍着陈父的肩，说：“好好说话，回去别打了。孩子认错就行了。”他跟着出去，送到他们家门口，才折返回来。

我父亲一进门，就重重地叹了一口气，深深地看我一眼，说：“你可别给我这样。”

10.

大年初四，寒假补课开始，第一天就是开学考试。成绩下来，李平义遥遥领先，甩了第二名三十多分。也就是在那天，陈父盯着布告栏上的上年度先进工作者名单——他连围都没入，又是李父被评上了。

陈父抱着一摞作业，“啪”的一声摔在校长的桌上。

此等场面，校长都习惯了，气定神闲沏了一杯茶，摸出烟来点着，还问他抽不抽。

陈父的脸都气拧了，咬牙切齿几个字："欺人太甚！不公平！"

"陈老师啊，你冷静冷静啊，教学工作至关重要，我们的评价都是群众的意见……"

"少他妈跟我打官腔！我就问你，姓李的他凭什么？！"

"我说陈老师啊，为人师表，你说话要注意……"

"二十多年……二十多年啊……"陈父根本没当校长在说话，直接打断他，一手掏着心窝子，一手扶着桌子，摇得"吱吱呀呀"作响。"……熬更守夜，鞠躬尽瘁，没有功劳也有苦劳……我跟他教一个班，他怎么对学生，我还不清楚吗？！我就是说话难听点嘛，对吧？"

校长牙关都咬紧了，腮帮子一凸一凹，抽着烟，一言不发，由着他说。

"你们这么干，寒心……你们就怕一碗水端不平，就怕丢乌纱帽是不是？当我们穷教书匠好欺负是不是？"

他越说越激动，指着校长的鼻子，下了最后通牒："今天不开大会给老子宣布这次的先进无效，老子就给你们好看！"

说罢扬长而去。

补课时的校园，冷冷清清，只有高三一层楼灯火通明。

当然没有开什么大会。世道按部就班，从不以个人意志为转移。到下午第二堂课的课间，陈父提着一把铁榔头，突然出现在走廊里。一身酒气浓得熏人，他大喊一声："李平义给老子出来！"

平义正要去上厕所，一回头，陈父走上去，众目睽睽之下，用榔头向平义砸了下去。

没有声音。陈父挥了两下。一下，又一下。平义一声没吭就倒在了地上。

一瞬间的寂静，所有人都失了神。

陈父认定平义死了，竟仿佛如释重负，像是一个扛着石块爬了一生的人，头一次丢下了石块，直起了身。

他颤抖着丢了榔头，翻上走廊的围栏，我们还没反应过来去拉住他，他就已经直接坠下五楼……死时，双目圆睁。

楼上楼下，惊叫声已汇成一片海。

井里的风浪，外闻无声，内已滔天。假如在当今互联网时代，这条新闻大概早已铺天盖地，但在多年前的雾江，学校和厂子千方百计地封锁消息，这件事最终沦为人们嘴里的又一则谈资，最终又随着时间湮没在人群里。

母校从当年起再没有招生。我们毕业后，下面的孩子们有的转学，有的放弃读书，学校没过两年就散了。

命运宽宏，冥冥之中自有公平。李平义没死，重伤，奇迹般没有伤到要害，住院近半年后，康复如初。尽管如此，李父仍悲痛欲绝，从此再不教书，提前退休——这件事之后，李父突然间老得认不出模样。

很多年里，我再没有见过陈臣，他大概是被生母接去了省城。

大学毕业之前，我们都没有他的音讯。

像突然停电的舞台，戛然而止，一切陷入黑暗。

后来我回想起陈父的事来：一个小人物的悲剧，何以上演得如此惊天动地，好像全世界唯独亏待了他一个人。

他的死去，叫我生平第一次看到了狭隘与怨恨的力量。他的个人意志，仅仅转移了他自己，去往一个也许使他不再失落和愤怒的世界。

其实，伟大的人物都是相似的。平凡的人，各有各的平凡。

第四章

1.

都说高考是人生一战，回过头去看，觉得不过是人生一站。各显神通倒是真的——人生每一站都各显神通。

靠天降大运的，发挥超常，比一本线多一分，乱涂了个第二志愿的同济大学，居然被录取了——那年南开、同济等名校在我们省的名额硬是没招满，只要上了一本线，就连第二志愿的都全录取了。靠关系的也不少：有熟人是省招办的，凭内部消息，第一时间改了志愿，贴着分数线进了京城一个名校；当然也有亲戚是某大学院长的，没到该校录取线，直接点招进去；剩下的，便只能靠真本事了。

命运就是这样，它只是在大局上绝对公平，其间诸多善恶失衡的细节，有待时间的调剂，抱怨亦没有用。

平义康复之后花了一年时间复读，次年考入京城名校；邱天考上一所著名医科大学，读德语班，本科学制五年，比我们多一年；我成绩平平，考取了一所普普通通的学校，学了一个普普通通的专业。父母勒紧了裤腰带，供我上学。

发榜的时候，没有欢呼雀跃，也没有失落不堪。我静静站在沸腾的人群之外，隐隐感到一种不安：平凡不是没有代价的，龙首和鼠尾各有各的混法，但中间的上不去又下不来，不好受。

踮起脚，好像够得着什么，希望貌似唾手可得，可踮久了，腿软了，一松，一切又回到遥不可及——这就是“中等生”。

在火车站，父母送我。人多嘈杂，他们的神情平静，略带一丝掩藏不住的骄傲和希望，笑容羞涩。又以一种极为担心的口吻，叮嘱我要注意身体，殷殷切切。他们竟然老了那么多，我几乎不敢多看，一直点头敷衍，匆匆拖着大行李箱上了火车。

坐在座位上，隔着玻璃窗，看着他们朴素的衣着，在喧嚷的月台，不时低头让人，但一直相互挽着胳膊，努力冲我挥手。

那一刻，那种小人物的殷切希望，那种朴素和卑微，千万个平凡日子的酸酸甜甜，叫我差点掉下泪来。

这对平凡的百姓，是我的父亲母亲。

我捏紧了拳头，目睹他们的老去，一股小小的雄心，胆怯又倔强地，像出土的新芽，犹犹豫豫地生长起来。

2.

大学生活的新奇早已在前两年磨损殆尽。文科生没有什么专业可选，我读百无一用的英语专业。

如果说岁月如金，那么我这一生再没有比那时过得更奢侈的时候了。大把青春握在手里，一掷千金，竟毫无知觉——那是上课得看心情的日子——春天不是读书天，夏日炎炎正好眠，秋有蚊虫冬有雪，整理书包待明年。

一些不冷不热的好天气里，天蓝如洗，晴得罪过，远处飞着几只看不见线的风筝，草地是暖热的。下午三四点就没了课，成群结队从教学楼拥出来，吃根冰棍、喝杯汽水，就这么无所事事，坐在草坪边上的石凳子上晒晒太阳，吹吹风，看着来来往往的青春。那些日子仿佛与外部世界的冷暖疾苦隔着一层结界，几近不真实。

也许是太闲了，做梦都做得天马行空。清晨起来觉得梦境波澜壮阔，忘记了好可惜，于是提笔开始写。就这样渐渐写成了一种势头，依稀看到除了上课和晒太阳之外，命运还有别的可能性——哪怕只是在梦里。我将奇幻作品在互联网上贴出，刚开始挣不到钱，但渐渐有了一些看客。

大学里我朋友不多，游冬最铁。他是富人家的孩子，父官，母商，生活优裕，聪颖过人，长得一表人才，是天宠之命。

但极为罕见地，游冬为人还算低调，有大家风范，没什么纨绔之气，这是我们能交好的原因之一。读书的时候，游冬的父母经常邀请我到他家里度周末，几乎每个礼拜都去他们家，有时候和他女朋友一起。

游冬的家庭温文尔雅，有保姆负责做饭扫地洗衣。他的母亲长发微卷，穿黑色高领羊绒衫，驼色大衣，端庄雅丽，好像她的生活中，从未有烟火。

吃完饭，保姆洗碗打扫房间的工夫，她会和我们坐在客厅说说话，看几分钟电视新闻。他的父亲则戴着眼镜，在客厅一角看报纸。他们递一杯茶，互相要说“谢谢”。

我没有见过这样相敬如宾的父母，在记忆中，婚姻是漫长的战争，琐碎而暴躁，彼此毫不留情地中伤。我私下里对游冬说：“你父母真好，真和睦。”他说：“你是没有见过他们剑拔弩张的时候。”

他父母好像总是不太喜欢游冬带回来的女朋友，对她除了礼貌之外再没有一丝亲切，但对我却特别热情。我平时在食堂吃得很节省，不得不说，营养几乎都是他们家给补上的。临走的时候，必定还会给我塞上一大包水果、牛肉干之类。

大三的那年十二月，游冬休学即将出国，我陪他与各圈朋友吃了一顿又一顿饯行宴，还未曾单独聚过。

他离开的前一天夜里，我们找了一家清吧喝酒。已完全记不起来那家店叫什么名字，依稀记得暗红灯烛，仄仄长廊，门庭冷清。

颇有“西出阳关无故人”的味道。

从此一别，各天各地，说什么永远的好朋友，都是假话。经历的差别，必然拉开我们。想到这个，我觉得失落，便只喝酒，有一搭没一搭地说话。半道上，有人呼叫他BP机好几次，他起身走到吧台去回电话——是个女生，与他话别，得知他在外面喝酒，说是要来。

她来了，坐下。那是我与柔山的第一次见面。

游冬向我介绍柔山的时候，是兄弟般的方式，拍着她肩膀，介绍说：“邵然，我好兄弟；这位，尹柔山，高中同学，老朋友。”

我故意上下打量他俩，眼光满是狐疑。他知道我在想什么，尴尬地大笑，直摇头，说：“想什么呢，真是普通朋友，真的。要真有什么，能让你见啊。”

我拍了他一下。

那天我们三个喝得很开心，讲荤段子她也不避嫌，“咯咯”地笑。一个不小心，我的烟烫到了她的手。

多么老套的桥段，好像烂俗电视剧——但我真的不是故意的。“对不起”说了一万个，柔山很包涵地笑笑，没说什么，自己拿了一块冰在手指上敷。

游冬说：“这可不行，你得请人家吃饭。”

我说：“必须的，必须的。”

次日游冬便走了，飞纽约。我送他去机场，临上飞机之前，他还特意对我说：“柔山的事儿，别当真，昨晚就那么说说而已。你千万别搭进去了。我走了，你多保重！”

那时我还不懂他的意思。

作为道歉，约柔山吃饭，在学校附近一家餐厅。卡座已满，我们两人坐一张大圆桌。

本就不熟，无话可谈，加上一张硕大的桌子，坐得相隔老远，嘈杂大厅，交谈几乎靠喊。我分明感到一顿饭吃得彼此都很煎熬，借口去上厕所的时候，对着镜子懊恼万分——和女生交际方面，我实在傻得可以。

二十岁以前，我从未有过感情生活，唯一深交的女性朋友，只有邱天。从前父母怕我早恋，来硬的：“你敢交女朋友，打断你的腿！”又来软的：“翻过高考这座山，之后的天地，都是你的。人生海海，就缺这两年？好好读书，熬过去之后，天大地大。”

他们说得在情在理，但我后来才仔细想：人生的确不缺两年时间，但人生再无第二次十七岁、十八岁……不是每一年都一样，他们那是在偷换概念。

3.

从前我只知道读书、挣钱、成家、立业，我以为这是人生全部，人人如此。在大学，生活宽广了好些，感觉从黯淡中走出来，所有的日子都渐趋光明。

游冬一到假期便出去旅行，我原来不知道生活还可以用来旅行。他订阅好多旅行杂志、电影杂志、体育杂志，上课时候“哗哗”地在桌下翻看。我试探性地问他：“你想周游世界吗？”游冬跷着二郎腿翻着书页，眼皮都未抬，摇摇头说：“那都是做梦啦。好麻烦的，没有钱……处处都要签证也烦死你。”

我忽然想起幼年时那次爬山。在峰顶，风烟俱净，天山共色……我听到遥远而恍惚的广播喇叭声传来，那一定来自远处的学校。

大约旅行的魅力就是这一阵遥远而恍惚的喇叭声。原本也是风景的地方，属于了你，就不再成为风景。风景都在远处，在遥远的、恍惚的、哪怕丑陋的、别人的生活中。

我给自己报了个电脑培训班，又在学校申请了勤工俭学的活儿，按时到机房值班，天天待在机房写奇幻小说，熬更守夜。夏天天热，宿舍如蒸笼，难以入睡，我索性常常待在机房里彻夜写东西，顺便蹭冷气。

盯着屏幕看久了，眼睛刺痛，好像针扎，一年换一副眼镜。有时候是凌晨四五点，写到筋疲力尽，宿舍已门禁又回不去了，就一个人出去跑步。一圈一圈，跑跑走走，四下只剩自己的喘息声。天边微明，色清如洗，像有一只手将黑暗慢慢席卷，收藏起来。

那天清晨，我还在鬼一样地走圈，四下刚刚有“沙沙”的扫地声徐徐传来，提醒我城市即将苏醒。柔山突然呼我的BP机，叫我颇感意外。回电过去，是她电脑坏了，要我去帮她看看。

天刚亮，人影疏疏，我骑车去她的住处。

一夜未睡，从城东穿到城西，我已累得头重脚轻。帮她处理完电脑问题，我眼睛发胀，好像眼球快要蹦出来了。柔山看着我，说：“怎么眼睛红得像兔子？脸色又青？”

我说：“昨晚一宿没睡。”

她说：“不如你就在我这里好好休息，这里没有别人，吵不到你。”

我看了看表，十点半的光景。

她说：“就这样了，你睡吧，我出门去了。冰箱里面有吃的。”

我说：“好的，那我躺会儿。”

她帮我拉上了窗帘，顿时房间里有如黑夜。我和衣躺上她的床，闻到被褥枕头中的气味……一种她的身体与生活的气味。好像突然与一个陌生人赤身相对，令人想入非非。

我闭上眼，努力进入睡眠。

也许是太累，我一觉睡到下午五点。醒来的时候，一看黑暗的房间，一下子想不起来自己在哪儿，惊慌了好一阵。

终于想起来，我在她的家里。是家吗？还是一个住处？我环顾四周，一无所得，慢慢起身来，揉揉眼睛，闻到浓浓的当归鸡汤味。顺着气味走过去，房子很小，我一眼看到厨房，柔山已经在那儿煲汤。穿一身家居服，头发绾起，露出颀长的脖颈。

我下意识地走过去，她抬头看看我，很随意地说："醒了啊？睡得好吗？"

我点头，斜靠在厨房门的边上看着她煲汤。

她也什么都不说，只是静静地在那里搅拌，舀了一勺起来品尝味道。我一时间觉得相濡以沫也不过如此了，有种我们已经在一起生活了十多年的错觉。

她说："晚上喝鸡汤吧。"

我去客厅布置了一下桌子，环顾这个租来的住处，一间小厅，一间卧室，一厨一卫，小巧玲珑，五脏俱全，也算干干净净，富有生活气息。我想象着一个人在此生活的富足与孤独，想象着两个人在此生活的琐碎和甜蜜……不由得愣在桌前许久。

窗帘沉重，很暗。灯光像一滴融化的黄油那样温厚。我忽然喜欢上这种温暖与黑暗。

我们就着一张靠墙的小方桌子，相对而坐，安安静静地喝鸡汤。从未这样与她接近，我看着她瘦削的脸，细眉细眼，险些入迷，撞上她也抬头看我的目光，顿时不好意思地笑起来，又为自己这种莫名其妙的不好意思而感到好笑，于是又笑了一次。

她看着我，好像怜悯我的天真似的，像个母亲一样温柔地问我：“好喝吗？”

我说：“好喝。”

她说：“以后经常来，我炖汤给你喝。”

我点头，闻见无所不在的当归之香。那种气味如此强烈、古典、浓郁，像一个作家笔下所写的，犹如“冬蝉夏艾——静与苦”。

我开始恋爱，在二十岁的时候。

封存了二十年的心，像一坛浓酒，就要打开，急于和人一饮而尽，醉己醉人。那般舍身投入，以后竟然再没有过——也许也是因为，那时的我除了感情之外一无所有。一个一无所有的人，轻言倾其所有，何等容易。

恋爱几乎叫我精神失常，因为来得突然，没想到柔山会接受我，兴奋得常常睡不着觉。半夜一两点睡着，一则梦的工夫，凌晨四点钟醒来，在床上辗转反侧，吵得下铺不耐烦地用脚蹬我的床板，愤怒抗议。

深夜的宿舍，出不去又进不来，于是我常常在睡不着的时候起身去走廊打IC卡电话，半夜给寻呼台的小姐留言，留给柔山，又不知道说什么，留一个530，挂掉，一个人去厕所蹲着。折腾来回，天就亮了。

柔山在不久之后就告诉我说，要搬家了。

我问，为什么？她说，房子是前男友和她一起租的，已经分手，房租交到本月底，可能需要搬回宿舍，要我帮忙。

我犹豫了一下，说：“我来看看你再说吧。”

我们一个城东一个城西，见面太不方便。我放弃骑车，坐公交一两个小时，晃啊晃，到了她那里，已是傍晚，跟着她进了屋子。

她已经收拾了一袋子东西，杂七杂八。我站在小屋里面，忽然幻想起我们一起生活的场面，种种朝朝暮暮，不由得对她说：“我们一起住吧。”

她温驯得像一只鹿，只是小声说：“隔得这么远，怎么住啊……”

我说：“找一个中间点吧，再租个房子。”

她说：“就住这里不行吗？”

我说：“住这里，全是你和前任的历史。”

她没说好，也没说不好。

我开始积极张罗我们俩的中间点，市中心的房子。真是贵得离谱，咬咬牙，看中了一套老房子，我呼她叫她去看，一直没有回音。

什么事都做不进去，一遍遍打电话呼她，守在公共电话机旁边，像个神经病一样一直不肯走。电话终于响起，我顾不上别人，跳上去抢过来，她回我，说：“上课呢！什么事这么急？”

我说：“看中一间房子，约你去看看。”

她说：“什么时候？”

我们见面，像小夫小妻一般，挽着手去看房子。

房子很旧，老式的实木地板，墙壁上有曾经的沙发、柜子、床留下的痕迹，从前被遮住的部分发白，露出的已暗黄，一条明显的分水岭，痕迹清晰。

我突然觉得这间房子一定很伤心，好像与所有家具都恋爱过，全都离开了它，只在房子心里留下一道道痕迹。

我们一边逡巡，中介就跟在后面亦步亦趋，什么都不便说。

她牵着我走到外面，说：“这里太亮，我不喜欢。”

“亮可以安窗帘啊……”

“太远了，我没法过来天天住……”

“……”

“而且太贵了。何况，搬家太麻烦了……我们还没有家具，一样样添置下来想想都头疼……”

“……”

我实在无话可说，走回去看看，一套空屋，毫无情感历史，家徒四壁。原来，家的最初模样，就是这样的。需要经年累月，一张床单、一个枕头、一件衣服、一本书、一只碗地添加，才具有生活的形象。

我放弃争辩，乖乖去银行取出存款，和她续租了以前那间公寓。

她眉开眼笑，我却暗暗吐酸水——不知道怎么就帮她租了一套城西的房子，距离自己的学校十万八千里，用的是父母的血汗钱。我突然想起他们在车站送别我时的情景，一股内疚像刀子一样剜着我。

任何事都有成本，恋爱毫不例外。我拼命挣钱，东干西干，写稿、家教、翻译，什么都做，赚来的极其微薄，周末逛一次街就没了，但我劲头十足，不觉得累。

为了多和她在一起，我周五的那节课就翘掉，周四晚上便提上换洗衣物，去她那里。度过周五、周末，周一上午再回来。如此来回，心甘情愿。两个人在一起的时候没法做事，我都憋足了劲在平时干活儿。生活突然被填塞得爆满，我头一次觉得时间不够。

4.

其实想来，平常的恋爱不过就是和人看电影、吃饭、散步、聊天、接吻、上床，若说有什么新意，大约只是身边人不同而已。也许是因为平时太累，睡太少，我渐渐发现自己有一逛街就犯困的毛病，陪她逛街逛到昏昏欲睡的时候，哈欠打得眼泪都快掉下来了，不想让她扫兴，只能背过身忍回去。她还兴高采烈地东瞧西看，而我只想找个长凳睡上一觉。

我与柔山之间，甜蜜必然有过，可是不过短短几年，我竟然完全想不起来了。锥心的都是难过的事情，历历在目。少年时我可以出去打打球就忘记和邱天的不愉快，回来安安静静地陪她，但现在我已经做不到了——又或许，邱天和柔山，那是不一样的。

柔山的异性缘极好，身边都是男性朋友，我不知道我的口味这么俗气。她那么多朋友，却像一道道墙，我一个都走不进去，靠近都不能。是什么时候开始，贫穷而乏味的恋爱令感情急速退潮，我能感到她松开了手，渐渐走远了。

手机在那时还是稀罕的东西，为了时时都能找到她，我省钱给她买了一个黑白屏的诺基亚，连自己都没舍得。

周末凌晨四点的时候，我们正睡着，有人给她打电话，她竟然接了。之后，窸窸窣窣地开始穿衣服。我背着身子，迷迷糊糊地问她："你要去哪儿？"

她说："朋友喝醉了，难过，要我去陪陪他。"

我问："男的女的？"

她说："男的。"

我咬了咬牙，翻过身，说："你有病？"

她也咬着牙，说："那是我哥。"

我冷冷地说："你哥？我最烦你这样到处认哥认弟的！你别这样好不好？我给你买手机，不是为了让你和别的男人约会！"

她淡然地说："还你还不行吗？"

我自知再多说一句，就要再失去她一分，好像一个被掐住了软肋的赌徒，再不敢说一句话。看着她兀自摇头，一副鸡同鸭讲的表情，毅然起身出门。

我一个人躺在床上，想着，这一切是怎么发生的？我们曾经很好。

她曾经说："你经常来，我给你炖汤喝。"

她曾经对我眉开眼笑。我们每周见面……我们拥抱，咫尺相亲。

爱如吗啡，能止痛，可使人舒畅，但要上瘾，也能杀人。那时我对爱的剂量不能把握，一针下去，伤人伤己。

相处的日子，我发觉我简直有了一种疼爱女儿的心情：经常炖汤给她喝，像个家庭妇男那样提着保温桶给她送去学校，送去实习的公司。她格外爱美，嫌弃羽绒服臃肿丑陋，在寒冷冬天只穿一件薄毛衫，薄外套，丝袜，单靴，宁肯生病也不愿添一件衣服。

我说，我知道你美，但我只要你不冻生病。好说歹说，给她买了两件修身的毛呢大衣，轮换穿。抱着她站在风里，为这一点点绵薄的爱，自我感动到无以复加，以为一切都很完满，以为一切都可以这样下去，天长地久。

她体寒，加之吃得少又穿得少，经常感冒，犯鼻炎。我给她买药，一天三次打电话叫她吃药。柔山痛经，每次都不得不卧床，痛得呻吟，翻来覆去。我便给她用温水热敷小腹，按摩，按摩到她不知不觉完全熟睡过去，像个婴儿。

夜深了，我也困得恹恹欲睡，眼都闭上了，还在麻木地给她按摩。她做完了一场梦，醒来，看着我，突然眼角湿润。她躺着看我，哽咽说："邵然，这辈子没有人对我这么好过，连爸妈都没有。从小到大，什么都是忍忍就过去了。我习惯了，也没觉得这些是个事儿。只有你把我当回事。"

她坐起来，突然地，抱着我哭。我也抱着她，拍着她的背，以为我们永远会这样。

时间久了，各自需求不一样的，终归还是不一样。柔山心里最想要的，并不是一个给她熬汤、生病时端茶送水、痛经时给她按摩的人。这些东西，有了也不错，但不重要。

而她认为重要的，我确实给不起。

当我以为我倾其所有的时候，完全没有想到，怀里的人，也许，需要的那种爱，完全不一样。好似我掏心掏肺为她，但她却是一个吃素的人，对着心肺做的荤菜作呕，碍于面子不敢直说，甚至还为此长期忍受——两个人都觉得自己委屈。

相形之下，我在每次吵架中，孜孜不倦地列举自己爱她的功绩，数落她的冷漠。这何尝不是一种自私：对于付出的不甘心。

年轻时，爱是占有，爱是自私。永无止息的，占有和自私。无可回避地，嫉妒，自夸，张狂……

必须，也必然经历过这样一种爱，才能抵达最终的衰老之爱。所谓恒久忍耐，恩慈……所谓的，凡事包容，凡事相信……盼望，忍耐。

到那时，这还是不是爱，或是一种世间炎凉冷暖俱已看尽的恹然，我不知道。

起码，那时的我，不知道。

柔山急于挣钱，比我还急。白天在一家小广告公司实习，晚上在夜店做暖场，其实也就是酒水销售。每个月底，完不成酒水指标的时候，就急得四处打电话约人来喝酒。冤大头哪有那么好找，谁都不是傻子。完不成任务，提成没有不说，月底被倒扣工资，整个月都白干。她心情很坏，责怪我说："同事们完不成任务的时候，男朋友都来捧场，轻轻松松就达标了，只有我一个人被经理骂。"

我看着她，无言以对。一夜上千的酒水消费，为了充数销售额，我承认我不愿意。我对她说："柔山，如果是治病，一夜上万我卖肾也干，但是买酒，我不愿意。"

她看了我一眼，什么也没说。

每天夜里，骑着一辆自行车去接她。柔山好面子，不让我靠近夜店，所以我只好停在夜店前面一个路口，等她出来。卖烧烤夜宵的一对下岗夫妇，夜夜在那里摆摊儿，我把车子停在他们的摊子旁边，有时候还和他们聊聊天。

贫贱夫妻，手脚勤快，男的烤东西，女的做招待，生意极好。来吃烧烤的酒客，东呼西唤，一会儿要纸巾，一会儿要加菜，一会儿要啤酒，一会儿要埋单。忙碌至此，从未见他们不耐烦。夫妇两人笑容殷勤，奔前跑后，在客人们此起彼伏的吆喝声中，甜甜地应着，好嘞好嘞，马上马上。

冬日里寒风刮得人头痛，夏日里炭火旁边热得人大汗如雨。我怎么也没想到他们会有那么辛勤的笑容，在看上去这么辛苦和卑微的生活里。

我常常买上几根烤串，在夜店门口等着接她。都是凌晨三四点光景，见到她和“客户”们有说有笑地走出来，被人揽着腰身摸着肩膀——那些个黏在她身上的巴掌，一只只像狼蛛爬在我心上，叫我浑身汗毛竖起、血液倒流，而后又似被狼蛛腿上的毒毛给扎了一样，万箭穿心。

我就这么站在寒风或暑热里，手里拎着塑料袋裹着的几根肉串，眼巴巴望着，等着接她，却连她的目光也接不到——为了讨客户喜欢，她从来都声称自己单身，也在那样的场合保持对我视而不见。

运气坏的时候，客户还要拉她去吃夜宵，她竟可以径直走过我身边而不理会我，和客人们去饭馆。运气好的时候不吃夜宵，客户走了，她才朝我走过来，一脸疲倦。那疲倦让我心疼得足以原谅她。她并不吃我买的烤串，只是默默坐上我的自行车后座，我“吱嘎吱嘎”地载她回家。她靠我靠得好紧，到了家才看到，原来她都已经在我的自行车后座上睡着了。

我轻轻锁了车，把她的鞋子脱下来拎在手里，然后蹲下去背她起来，上楼。柔山极瘦，约莫七十斤。我拎着她的鞋子，背着她一步一步爬上楼梯。楼梯真长，又黑又高，我背着她，真愿意就是一生。这等天真，也只那一回了。

时间长了，各有各的不甘心，我也不知道自己每天晚上等在街角，等着那份万箭穿心，是不是自虐上瘾。

骑着车载她回家，我求她："可不可以过正常的生活？可不可以不要再做这份工？"

她说："我本来就不想要正常的生活。你觉得我夜里做暖场，白天再上班很累吗？我是很累，但你要我像普通女生那样待在家里，还不如杀了我。"

在我的沉默中，她又砸下来一句话："你以后都不要来接我了。算我求你，这样我们谁也不欠谁。"

夜色尽头与黎明之前，相隔一段深不可测的罅隙。我一脚跌进去，爬不起来。

不让我去接，我只能待在家里。睡不着，坐着上网，无意间看到她在一个交友网站上发布求偶信息。公布照片、年龄、喜好、居住城市、呼机和移动电话号码。情感状况，单身。

我心里一沉，怒火中烧。坐立难安挨到凌晨，她终于回来了。浓妆未卸，面容经过酒精发酵，红颊轻俏，笑容好像罂粟花。她抱着一大束香槟色的玫瑰，整整一百九十九朵，"哗啦"扑到我怀里来。我问："谁送你的？"

她笑："客人啊。"

"哪个客人？"

她一脸不屑，不再理我，扯掉鞋子，直接走进卫生间，卸妆，洗漱。敷上一张白色面膜，好像一张极为直白的面具，表示不想再谈。

我强行把她拉到电脑面前，指着网站上发布的求偶信息，颤抖着质问她："为什么？"

她说：“我们广告公司要开一个婚介平台，我在做测试，看看这个网站效果好不好。”

我想痛骂，不知怎么却骂不出口，手捏着桌子一角，捏得关节作响。我低声说：“柔山，求求你了。我不该被这样对待。”

我勒令她删除网上的信息，她闷声应了。各退一步，彼此都好受。我当夜收拾了全部个人物品，搬回宿舍。走时，我本以为我要说句什么动情话，到嘴边，只是说：“我知道你烦我了。半年的房租，还差一个月到期。我以后不租了。”

回去之后，想了很久，和她说了分手。那是我们第一次分手。

我不知道，后来还有多少次分手，多得我记不清。我像一个决心戒毒的瘾君子，第一次戒毒，完全不知周折还在后面，不断复吸不断戒掉……长路漫漫。

搬回宿舍，舍友们好像看戏一样，调侃我：“哎哟喂，跟马子混得不好？回我们狗窝啦？”我苦着脸赔笑，他们拍我肩膀，说：“咳，一场酒的事儿，不就一妞儿嘛。走，你一声不吭回来也该表示下，请我们撮一顿呗？”

那晚我们吃烧烤，我估计辣椒里面放了碱，辣得我直想割舌头，眼泪都掉出来了。他们喝了三打啤酒，猜拳，输的不准上厕所。青春如此热闹，沸腾，我居然有种格外悲壮的也算爱过的感觉，感觉酒都涨到了喉咙，醉到不省人事。

次日头痛，在床上睡了一天。醒来的时候，空虚像空气一样包围着我。

我昏沉沉地爬下床，脸都没洗，看到BP机里有一条留言。简简单单一句话，貌似说了点儿什么，其实什么都没说，但我反复盯着看，看得眼泪在眼眶里打转。当即妥协，给她打电话回去。

听到她的声音，我觉得一切都值了。骑车从城东穿到城西，只为拥抱她一下。

我想起我们曾经最好的时候，去游乐场玩。很多甩来甩去的游戏项目，失重感强烈，我兴致很高，但她玩到第二个，就开始吐。我很担心，说："要不我们回去吧？"

她说："不用，你玩得这么高兴，一定要陪你。"

就这样她吐了三次，为了陪我玩那些游戏项目。我看她吐得脸青面黑，那么可怜，我执意要回去。她坚持不肯，说："没有大碍，不要扫了你的兴。"

折中一番，她不再乘坐器械，只是拿着我们的包，和一大票守着小孩玩的母亲和外婆一起，坐在下面等我，为我排队。我一遍遍地玩，整整一天。

我坐在云霄飞车上，闭着眼俯冲来去，"嗷嗷"地痛快大叫，想象柔山在下面等着我看我的样子，觉得全世界都这么美好，再无他求。

我相信她爱过我。

但人是会变的。多么简单的道理，人，是会变的。

5.

刚复合时的风平浪静，不过是昙花一现。她上班，给我BP机留言说："发烧了，真难受。"我立刻一颗心倒提起来，急得团团转。外面是下着薄雪的天气，冷得骨头都痛。我赶紧买了中西药，连冲剂都加开水冲好，心切切地端着送去她公司，到头来却发现她不在。

打电话问她在哪里，她说她在机场，接老板出差回来。

她素来和那个老板暧昧，深夜里短信、电话仍然不断，推说是工作，我不好说什么。此番情形，我气得快要晕过去，心里打翻了一盆火，忍无可忍，跟她针锋相对地吵："你都病成这样了，还接老板，你到底有没有珍惜一下你自己？连你自己都不珍惜自己，我还这么心疼你……还有没有一点意义？换作是我现在要你来接我，你肯来吗？！"

她提高声音，说："他是我老板，什么叫老板你懂不懂？老板让你去接你不接吗？我不像你，没有老板，自由来去。等你有了老板再来和我吃醋！等你当了老板，有本事养我了再来管我接不接谁！"

我被伤到骨子里，大吼一声："你这是什么话！你可是我女朋友！"

她不甘示弱："你也好意思，你堂堂男朋友不是最应该理解我、包容我吗？何况我还是为了工作！我自己工作是因为什么？你要是够强，我还用得着工作吗？我还不够累吗？老板、客户和你我一样吗？客户、老板，今天错过了，以后就永远见不着了！今天不来，以后就永远别来了！你我是这样吗？你我今天非见不可吗？你我今天不见就没有下回了吗？！”

我被她掐着痛处说话，感觉身心像被什么东西硬生生折成两段，只能放低声音，挽救说：“柔山，老板、客户是真心疼你、为你好的人吗？你全心全意都给了场面上的人，留给我的，什么都没了。可我才是真心真意疼你、为你好，你觉得这样公平吗？你把最好的留给并不在乎你的人，把最坏的留给最在乎你的人，你觉得自己这样做，划算吗？”

她长久沉默，然后冷冷地说：“我就是讨厌你这种幼稚。”

话已至此，无言以对。吵架最怕的就是，每个人都有一半对，每个人都不相让。

我默默站在发臭发灰的河边，人们骑着自行车面无表情地从我身边经过，时间流动照旧：在这个世界上，每一分每一秒都在上演分分合合、生生死死，一个人的事，算什么。

我黯然，将药全倒进河里，再次一个人回到学校。

说起来，不过是两个人彼此价值观不一样。柔山以为，最爱她的，就应当做她生活序列之中的最后一个，为她垫底。老板、家人、朋友，最后才是爱人。爱人应当理解这个序列，爱人是不争朝夕的。

而我以为的序列，恰恰与她相反。老板、客户之类，没了就没了，还有下一个。最爱的人，错过这个，也许就真的再也见不着了。

没有一朝一夕，哪来长长久久。

6.

寒假，我们在剧烈吵架中分开。我一气之下，提前回了老家。在火车上，坐了三十八个小时。车厢如此拥挤，行李架上和硬座座位下面竟然都睡了人。一个个面色青黑、疲倦不堪的人，像一只只麻袋、箱子一样，仿佛没有生命，没有尊严，胡乱堆在那里，塞满每个空隙。

因为怕冷，车厢几近密闭。污浊的空气从这个人的肺里被挤压出来，又钻进那个人的肺里，像一把拖了厕所又拖厨房、从不清洗的墩布。

声音嘈杂，亮光惨白。为了不上厕所，我不吃不喝。顶着透亮惨白的灯光，昏睡过去，很快又被吵醒，如此反反复复，头疼欲裂。饥饿、口渴，坐得我感觉全身都快要变成石头了，又僵又痛。

这趟慢车开开停停，遇到雨，竟也莫名其妙停了大半夜。我望着凌晨三点不知何处的小站台，如此黯淡的灯光，温黄，破旧，疲倦，如一帧人间缩影。

比肉身痛楚更难受的是，一闭上眼，全是柔山。

清晨下了火车，我去买汽车票，坐回雾江。走近长途汽车站的时候，愣住了。售票大厅黑压压的全是人，人已经满溢出来，涌到车站外的空地上，看不见首尾。没有队伍，全是密密匝匝的人。

我没办法，心一横，胡乱钻进那人堆里去，被挤得变了形才买到的票，已经是下午五点的车。

就这样筋疲力尽，又回到雾江。在车上昏睡过去，醒来的时候已经快要到家了。一切陈旧，熟悉，像一则无法摆脱的梦，如山一样压来。它牵着我，兜兜转转，一再绕回原点，如同所有的出发，都是徒劳。

我不知道是否在人性深处，对于过分熟悉的东西，有天生的厌弃——无论是老家、父母，还是伴侣。倘若离别数十年，熟悉变为陌生，眷恋或好感才能重新建立。

那个寒假若有一丝意外，那就是，漫长的冷战后，柔山来看我。

此前我一气之下离开，也没有和她告别。不见面的日子，种种怨怼，日夜思念，轮番折磨。心里那股气，如飓风过境，把什么都卷走了。气过了之后，只剩万籁俱寂的狼藉。深夜电话里，我听到她对我说："其实我也想你想得没办法。"

"那你来雾江吧。"我说。

她真的来了。大年初四，下了飞机又坐长途车，辗转来到雾江。

我惊喜，冲动之下几乎一路狂奔，硬是徒步跑去了雾江的长途车站。冻雨寒天，汗水竟湿透了衣衫，又傻傻站了两个小时，才接到她。

我们在嘈杂的车站人群中久久拥抱。把她带回家，我的父母，笑容真挚而卑微，热情迎接她来，顿顿给我们做好吃的。那几天，我带她看我的小学、中学，在空空荡荡的厂子里东游西荡。那种感觉真好，慷慨展开自己的历史，迎接另一个人的翻阅、批注。

夜里，我们在老房子里相拥而眠，窗外是零星的鞭炮声。这张床伴随我从小到大十多年，如今和至爱在此肌肤相亲，仿佛某种仪式，由此得以把她融进了我的少年、童年，紧密嵌缝，打下烙印。

我有种此生再也忘不了她的错觉。

一切都很好。几天过去，她先我一步，要回我们读书的城市。不明白为什么她非要提前回去，说是要上班，年假已经过了。我只好送她到车站坐长途客车，去省城乘飞机。

临上车之前，我在车站的便利店给她买了一些水、零食，装进塑料袋提着，殷勤地送到她座位上。

站在原地，看着客车慢慢发动，离去，她一直在窗子旁边冲我挥手，直到彻底看不见，我才失落地独自回家。

一个多星期之后，寒假结束，我也该回去了。到学校的那天，刚好是二月十四日情人节。

出了火车站，问她："你在哪里？"

她说了一个豪华酒店的名字。

"为什么你在酒店？"我追问。

她泰然回答："过节啊，不然你想住哪里？"

"也不用住这么贵吧……"我犹豫着说。

她不耐烦："得了得了，不就一个晚上吗，专门为了等你来。"

我没有多想，连行李都没来得及放回寝室，就赶过去了。

她带我进了房间。明显是已经有人住过的，床单、被子不是新铺的，拖鞋也用过。我心里有困惑，可碍于气氛，也不想一见面就争吵，就默默装作没注意。床头柜上有两枝玫瑰，桌上还有一瓶已经开了封的红酒。

她说："就等你来。"

我迷迷糊糊喝完大半瓶又酸又涩的廉价红酒，不知不觉沉睡过去。

次日醒来，她已经去上班了。我惦记着要退房，怕过时收费，开始收拾东西。为了找点吃的，拉开了柜子，却突然看见，我在雾江长途车站给她买的那包零食，连同那个塑料袋，安然躺在抽屉里。

我心里一沉。

也就是说，她自从坐上车离开雾江，到了省城的机场，又下了飞机之后，一直住在这里，一个多星期。

我盯着那个印着“雾江南站红光便民店”的薄塑料袋，连同里面吃剩的零食，蹲在地上费力地思索，要不要和她对质。和她住在一起的，又是谁。

撕开的食品包装袋咧着口子，像一张张嘴，大声嘲笑，耳光一般抽在心上。

最终我拎上那个塑料袋，冲去她上班的地方，把袋子扔在她桌上，不留后路地质问：“你怎么解释？”

她显然没有退路，费力掩饰的慌乱，又佯装不屑争执，只说：“不是你想象的那样。”便再不看我。她连一丝解释，都舍不得给我。

又吵架，又分手。你你我我来来回回。

大四时的感情纠葛，很长一段时间影响了我的生活秩序，我全无心思做正经事。

然而与我的分分合合，似乎丝毫没有影响到柔山应有的生活。她照旧游戏人间，众多暧昧对象，朋友、同事、老板……照应不过来。工作热情饱满得令人匪夷所思，好似独立女性，充满上进意识。

实则我怎会不知道，她与当初在婚介网上钓到的上门求偶者，全都保持联络，将他们一一变成了客户，借口项目往来，始终保持联系。

第几次分手，我不记得了。铁了心要分干净的，可是隔了一段时间，她突然联系我，说想我。

我像正在戒毒生不如死的时候，被人递上一支针，毫无抗拒，又一次复吸。

这次是她来我的学校，我带她散步走了两圈。她极少来我学校，此番她过来的时候，我知道我们之间气数已尽，不过是戒断时期的混沌，割扯不下。一片蜡梅暗香中，与她并肩走着，阳光温糯，天地静好。可是，但凡想到我们之间再也回不去了，就有种说不出的难过。

她来见我，竟然只是为了来找我借钱。

说是广告公司里的一个项目，她的客户印宣传手册，要拿货之后再付款，印刷厂又不肯赊账，必须她先行垫款。她钱不够，来找我借。

我苦笑，也没细想，说："好，我借给你。但你不要再和那些网上找来的男人纠缠了……"

换作平时，大概她会激烈反对我的措辞，但这次她格外温柔，轻声说："你误会我了，我真的没有……"

我不想再听，只是说："好了，我们不说这个了。没找就对了。"

她挽着我，不经意之间，直向食堂的ATM机走过去。她要的不是我的表白、我的抒情，她要的是我在机器上转款两万给她。对那时的我来说，是全部家底儿都搭进去的一个数。

转完，她说："谢谢你。你饿了吗？我们在食堂吃点儿什么吧？"

我说："换个地方吧。"

她撒娇说："节省点吧，我欠着你呢。"

我说："我请你。"

那晚，我带她去了我们第一次吃饭的那个餐厅。

还是如此喧嚷，拥挤，热闹。一切未曾改变，然物是人非。我们坐了同一张桌子，还是隔得很远，还是像初见时那样沉默、煎熬。

如果当初送别游冬那晚……我不去喝那一次酒……不烫着她的手……不请她吃饭……那一切都不会发生。我夹着菜，盯着碗里的白饭，猝不及防，热泪充盈眼眶。

我尴尬于自己的软弱和如此不能自制，猛擦干眼泪，语无伦次地说："对不起……我也不想这样的……"

四周喧闹而熟悉，我突然触景生情，极力想挽回一切。抬起头看着她，一个字一个字地说："柔山，给我一点时间。你等等我，好吗？我在挣钱，我不是没有在挣钱，我们会好的，我会让你不用工作的，你也不用再找别人……借钱办事……”

她什么也没说，低下头摸出一包烟来，抽出一根，点燃开始抽。

我不知道她会抽烟，以前也没有见过。她抽烟的那一刻，我觉得我完全不认识她了。

“你别这样好吗？你一大男人掉眼泪我特别受不了，”她皱着眉说，“……你说的生活，你可以，但那要等到多久去了呢？等你有了那一天，我们还在一起吗？”

“柔山，我认真的。”

她抬起头，望着我，一个字一个字地说：“邵然，我知道你好，但我等不起。你懂吗？”

一言至此，我也明白无可挽回了，低头自言自语：“你感情也想要，物质也想要，是不是太贪心了？”

“你觉得这是分开的是吗？只能二选一是吗？我怎么不觉得呢？跟你这么久……我……”

她烦躁地摁灭了烟头，脸扭向了一边。

我在心里想，这顿饭之后，真的从此再不牵挂了。我能给的，都给过，算是一点赔偿，真的不欠她了。

喧嚷的餐厅，俗世欢闹场面，我却突然想起第一次去她家里，还有那一锅散发着浓浓当归味道的鸡汤。那香味如此强烈，古典，浓郁，如“冬蝉夏艾——静与苦”。

如今那香味已烟消云散，再也无法捕捉。我早就不是她的第一个，但她是我的第一个。第一次亲热时，我格外羞怯而紧张，怕她不满意，怕她在我的身下想起别人来……但凡想到她的身体曾经属于过好些人，我便痛苦难当。我们的第一次是格外失败的，她抱着我的头说："没事没事，会好的。"

我的脸埋在她的颈窝里，闻到一种令人伤感的体香。

在我走神的工夫，她从餐厅服务员那里要来纸和笔，写了那两万元的欠条，落款签名"尹柔山"，然后将欠条递给我。

我拿着那张纸，盯着末尾的名字，在心里觉得，柔山这一劫终于快要看到尽头了吧。

那晚我就和她在餐厅门口分别。我怕说再见真的要再次重见，于是说："以后不见了。"不回头地走了。

回到校园，月色清皎，以为自己心事已放下，舒一口气，决定散一圈步再回寝室。独自走着，刚到食堂门口，却突然看到柔山走出来，手里抱着一大沓钞票，还未来得及装进包里。

她竟然在我们分别后，当即就心心念念赶紧回到最近的这个ATM机取出了我打给她的钱——真是一分一秒都等不及了。

大约是我打给她钱的时候，她不好意思立刻当面取出来拖走吧。

我感到好笑，早知她这么猴急，何必故作风雅还请她在我们第一次约会的餐厅吃饭。在我掉泪的时候，别人心里惦记的，也许不过是阿弥陀佛求你快点抒情快点吃完，我还要去取钱。

她看到我，慌张之中，尴尬一笑。拿着钱的手，都不知道怎么藏了。

现实就是这样的直白草率，毫无修饰，一块生铁一样地扔过来，冰冷而铁腥，砸得人头破血流，毫无抒情的余地——

我真的想不到，刚刚还铁了心说从此山水不相逢，以为悲情故事终于有了一个浪漫而深情的结局，而事实却是这样俗不可耐地，残忍地，再一次遇到彼此。

7.

人总是没有自己想象的那样伟大。我以为我无怨无悔，但不是。凡夫俗子如我，那种强大的不甘心，像癌细胞一样膨胀，日日夜夜噬咬，尤其借了钱之后——从电话里删掉了她的号码，可是删掉有什么用，我还是记得。

我竟然忍不住又开始和她联系。活像又一次复吸，又一次戒断失败。

打电话过去，约她见面。

她在打牌，说："三缺一，走不开。"

我愠怒，说："钱借到了你就不给面子了吗？"

她说："你怎么说话这么难听？"

那时她已退了原先我们住过的房子。我问她住哪里，她敷衍说住宿舍。但从她带着的防盗门钥匙、小区门禁卡，我知道她已和新的人同居了。

有些话已经不想再多问一句了——太累了。奋力揭开一个谎言，伤到的还不是自己？我终于还是再一次见到了她，到小旅馆开了房。房间没有窗户，漆黑一片，陋室使人心情无缘由地凄凉。已不想再做什么，我只是抱着她睡。

刚入梦，柔山的手机响起来，她声音慵懒地接听，絮絮叨叨，我不耐烦地翻身，佯装睡着，却竖着耳朵听。

还是在说钱的事情。

她模模糊糊地小声敷衍对方很长一阵，显然感到不方便，便说："好了我睡了，先不说了，明天再打给你。"

我背着身，冷冷地问她："谁？"

她说："朋友。"

微妙的盘问和抵触，逼人发狂。我占有欲的奴隶，其实不是她，是我自己。

咬着牙，铁了心较劲，不肯放过："哪个朋友？"

"你不认识。"

"你怎么还在说钱的事，我不是借给你了吗？"

"……"

"不够吗？"

"不是你想的那么简单。"

"那是怎么回事？"

"事情很长、很复杂好不好，说不清。我现在不想说。"

"我是债权人，我有权知道。"

"你？债权？别矫情了好吗？你的那点儿钱我会还你的。"

我坐起身，问她："那你说，你这又是要多少？"

她倔强地看着我。

我不依不饶，目光顶了回去。

“我差十二万，找你借了两万，找放贷的筹了十万，周息五个点，现在已经滚成十五万了。你想听吗？就这样。”

“这么说，你扯那些客户印广告的幌子，就是骗我的了？”

她沉默，半晌，又说：“你想问的问了，我真的不想说了。你再问我就走了。”

我感觉内心像一条湿毛巾那样被扭曲，拧得出血水来。我不肯罢休，拽着她的胳膊，刨根问底：“你给我说清楚，什么事要这么多钱？！你找谁借的钱？！你怎么还？！”

她发火，大吼一声：“你管得着吗？！”

“我就管！你给我戴多少绿帽子我都忍了，到头来你觉得你骗人还理直气壮？！”

“你说我给你戴绿帽子？就你以为的我和老林那些事儿？就凭他？我要真想来那一套，十个老林都摆平了！你要真说这个，你和邱天写的那么多信，信里怎么说我，你难道以为我不知道吗？我什么时候质问过你？”

我怒不可遏：“那性质都不一样，你怎么能放在一起比……你怎么偷看我的信？！”

她咬着牙，声音从牙齿缝里透出来，狠狠地说：“邵然你幼稚不幼稚，我一天到晚焦头烂额的事情是什么，你还在跟我纠缠骗你不骗你。放贷的说了，下个月还不了的话，就卸我妈的胳膊腿！卖肾、卖身都得还！我愁的事情……你根本……根本……理解不了……”

她也坐起来了，双手捧着头，蜷起膝盖来，无声地哭，只见肩膀剧烈颤抖。

我愣住了。

隔了很久，我好像被抽去了王牌的对弈者，软下来轻轻问她：“那你打算找谁借来还债？”

她泪眼蒙眬，哽咽说：“还能找谁？”

“到底谁？”

“老黄、老林他们呗……”

老黄是那个婚介网上钓来的客户，老林就是她那破广告公司的老板。

我心都碎了。

说到底，我拼尽全力要她远离那些人，不过是彻彻底底的徒劳。连我自己都不知道，我帮她，到底是为了帮她，还是为了抵御自己内心的占有欲。

她从未属于我，从来没有。

伸手不见五指的房间里，我看不见她的眼泪，但她的哭泣占据了我，以至于我完全忽略了去追问她到底为什么产生这样一笔债务。

我几乎本能反应地，开始为还钱的事情而心焦——连自己都没有意识到，我已经这么爱她。

我找游冬、找朋友，说尽好话，看尽脸色，受尽冷遇，筹到了八万。

人情有多薄，那时我才刚刚体会了一点点皮毛。那么多平时熟络的人，笑脸揭开来，便一无所有了。提到借钱，连再多给一层假面笑脸的耐心都没有。

想到如此不易，我突然更心疼她。纵然女孩子天生拥有更容易获得别人帮助的优势，但那种相应代价，我不忍心她经历。我筹到钱，当即迫不及待地找到她，提着现金交给她。

是个阴阴的大风天，刮得我头晕脑涨。她的头发被吹得缠绕在眼前，看不清面容。天色清澈而长远，日子看上去还有很多，但属于我们的，已经没了。

我把钱给她，说："我尽力了，不是全部，好歹你能还一些是一些。别把自己弄得那么危险。"

她接过包，看着我，什么也没说。连一句谢谢都没有。

我寒着一颗心，说："你不打算和我说谢谢？"

她说："谢谢。"

我说："你好像一点也不情愿。"

她苦笑，我也苦笑。

突然她特别刻薄地回了我一句："邵然，你以为你和那些臭爷们不一样吗？"

我愣住了，她继续说："给了钱，就想看到一张笑脸，是不是？要不要再伺候你一场，心里才舒坦？"

我完全僵住，说："你怎么这样认为……我是真心想要帮你……你知道的……我对你从来不计得失……"

她直截了当地打断我，说："邵然，没有人不计得失。没有人。你只是想借给我钱，让我感激你，让我欠着你，让你自己感觉我欠着你，所以要属于你，让你觉得你没有输给那些臭爷们。"

像一记耳光狠狠地扇在脸上，我瞠目结舌。

她说的，也不是不对。想到她和老林、老黄那么纠缠不清，我快发狂了。也不知道再说什么好。走的时候，我说："柔山，我不是完人，对你管得太多，对不起。可是你别忘了，这世上，能真正对你好的，错过一个，少一个。"

8.

其实我哪有自己说的那样无私伟大，提着那么大一包钱借给她，看着她带走，好像被活生生地抽去了肠子一样绞疼。我当即就后悔了，呆呆站在原地，后悔得不知道怎么办才好。

后悔没用，种种事情好像自有一套力量驱动它不断发展，阻止不了。

什么时候我们走到了现在这一步?

如今再见面，心心念念盼来了她，一坐下来，还未说上两句话，就看到她不停发短信、打电话，低头对着手机，浮现笑容。

那笑容不是给我的。

我像个疯子一样抢过她手机来翻，问她："你是在和谁……"

她发怒，一把抢过去，说："好不好笑，你见我就是为了查我手机？"

两个人的山穷水尽，恶行恶相，就是如此。

夜里我读朱天文的《荒人手记》，读到一段，她写失恋——

> 至杰已不爱，而我不相信，岛屿南北，奔波求证。渐渐，冀望于背叛者的良心。但良心，竟比水中之月可捞拾。
>
> 我仍有杰的房屋钥匙，几番不请自入，不过是得到一次比一次更大的羞辱。我简直成了被虐待狂。只要他还肯跟我讲一句话，哪怕一句恶毒咒骂，都好。终至，我恳求他，亲吻我一下，最后一吻，我就走了，永远，永远，不再来找他。
>
> 我讲到永远二字，凛于其字之真实，泫颤不已。
>
> 杰把头一偏向墙，眼睛望地，连不屑或轻蔑都不给我。
>
> 我上前抱住他，抱着一具僵冷尸体发狂地要把他抱活热回来似的，枉然。
>
> 大理石大卫啊，我抱住他的腿一路滑跪于地，乞吻他淡蓝筋脉的脚丫板，爱人，永别了。我履行诺言没有去找他。

我读到这里，合上书。原来世间种种情节不过是相似。我痛苦过的，已有太多人痛苦过。将来亦然。好的感情让两个人都成为更好的自己，但恶劣的感情使两个人都变得更龌龊。这段关系叫我看到人心深处的自私、占有、狭隘，不断发酵……我知道我不能再这样下去。

9.

邱天突然来学校看我，很让我意外。我们大学以来天各一方，通信一度因为我与柔山的纠葛而中断。

邱天给我的寝室打过好多电话，但我要么错过，要么千言万语不知从何处说起，于是也就什么都没说。

她听得出来我不好，也不在意我是否回复，还是给我一封封写信，在信上安慰我，说：

我不知道你和柔山经历了什么，感情的事，我也帮不上你什么。但隔着这么远也能感到你过得不好，我很担心。

人总是按照自己的标准来要求对方同样的回报，甚至更多的回报——“我这样对你，你怎么能那样对我？”

但你想想，千万个人，怎会享有同一把道德标尺？这个世界上，从来不是你怎么对一个人，他就该怎么对你。说爱应是无私的，其实不是在说什么高尚，而是在说人心迥异。你本来就不该在付出的时候，期待回报。报之我幸，不报我命。

我问命运，为什么要使我失去一条腿。

命运不曾回答我，即便我觉得，我没有对不起命运的地方。如果有，那就是我该为从前的骄横做出赔偿。

她让你失去一颗心，但反过来看，这种经历，也许使你终身受益。你知道人情可以多稀薄，多脆弱。包括你自己。

邵然，我希望你过得好。

我每每拿着邱天的信，读了又读，坐下来提笔给她回信，欲有千言万语，落到纸上却一个字也写不出来。

邱天要来我的学校，竟然没有提前告诉我，到了校门口，才给我短信，说："我在你学校门口，有空儿的话你出来一下吧。"

我感觉像梦，忙不迭跑出去，一路跑到校门口，就这样看到邱天。

大概为了出远门方便，她没坐轮椅，孤零零背着一只包，拄着拐，站在熙攘的校门口——那身影好像一则往事造访，突然敲醒记忆之门。

我跑得上气不接下气，停下来，远远看着她茫然四顾的样子，突然觉得心里很酸，也很累，迟疑不敢上前，半伏着身子，双手支在膝盖上，原地喘气。四下看去，还是那个人来人往的匆匆世界，除了她，无人为我的伤心而驻足——我眼底发潮，不知如何开口。

深呼吸几口，调整了呼吸，慢慢走近她。等我走近了，她才看到我，点头朝我笑笑，挪着拐一步一步向我走过来。

她手里握着一个手机，笑容如此晴朗，对我说："来找你，专门买了个手机。"也许是因为那段时间我情绪敏感，一句普普通通的话，竟令我觉得酸透了心。我突然感到，我又何尝不是尹柔山，总把最好的给了最不值得的人，而牵挂我为我好的，大概从未分得过我一杯羹。

想到此，我走过去紧紧抱着她，紧紧地，一句话都说不出来。

那几天我翘了课，和她在校园里逛一逛，坐在长椅上聊天——

也不知是她陪我，还是我陪她。我们在小馆子吃面，吃干煸豆角，就那么几样菜，翻来覆去点。我说："小时候我每天看到弹簧一家人蹲在门口吃饭，都好想去要一碗。他们家的饭太香了，从来没闻过那么香的饭。"

邱天说："你这个吃别人家饭香的家伙！"

这话竟然和我妈妈说得一模一样，叫我一惊，抬起头来，撞到她的目光，两个人都笑了。我才想起，这似乎是我失恋以来，第一次笑。

夜里送她回小旅馆，她突然握着我的手腕，说："要不今晚你就住在这里。"

我看着她，点点头。

那个夜里我们说了好多话。我没完没了地说柔山的事，她一言不发，耐心倾听。

终于我反应过来自己的失态，说："对不起，邱天。你这么远来看我，我一直唠叨她的事儿。"

邱天没说话。过了好久，我都快困得睡过去了，突然感到她走近我床前，抚我的头、脸，又低头亲吻了我的耳鬓。

我睁开眼，黑暗里，紧紧地盯着她。

她的目光比黑暗更温柔，更温暖。她对我说："别说对不起。你说出来就好些了。我来看你，不就是为了让你好些嘛。"

第二天，我醒来时已经是十点。她买了豆浆放我床头，就坐在对面床上看着我。我刚睁眼，撞见这一幕，尴尬地一下子拉紧了被子，说："你怎么不叫我？"

她说："让你多睡会儿啊。"

我睡眼惺忪地坐起来，头痛欲裂。

邱天说："你该回去上课了。我耽误你这么多天，真是不好意思。"

我说："说这个干吗，你来看我……我都不知道怎么谢你。"

我这才发现，她的行李都收拾好了。一切都整整齐齐，她只等和我说一句道别。

我说："我送你吧。"

她坚持不要，转身就要走。开了门，她背对着我，转过脸来，说："旅馆的账我都结了。你好好的，打起精神，把柔山的事情了了吧，日子总要过下去的……什么事都会过去的。"

说完，她应声关了门。

我愣了一会儿，赶紧起身穿上衣服追出去，她已经走出电梯口，打上了一辆车。

我就这么看着她消失，突然感到我失去了什么。

10.

邱天走后，我感觉柔山那一档子事儿，像一团糨糊粘在手上，恨不得甩掉，洗干净。每次追问她到底为什么借高利贷、拿去干什么，她从不说实话。敷衍我时，一次一个解释，每次都不同。我被蒙在鼓里，震耳欲聋再也受不了，直接到她那小公司去找人。

等了好久，终于等来了她——穿着新的大衣，看起来气色、心情都不错，手腕上戴一只劳力士女表——一款她喜欢了很久，但我一直没给她买的表。说实话，不想买的原因之一是因为我觉得那表实在太丑。但我现在知道又有另外的人给她披上大衣，还能送她手表……我还是难过。

只能低声说："柔山，我知道你以前和老林在一起，现在也在一起。他不缺钱，你就跟他借，把我的还给我吧。我真的不想和你再有什么纠葛了……"

她说："你以为我想和你有纠葛吗？真的，不是我不还你，我现在真的要钱没有，要命一条。你看着拿吧。"

我说："柔山，老林、老黄他们……你知道的，他们要是真的有心爱你，轻轻松松就可以帮你把那些债一笔勾销，但他们只帮了你多少，只借给你多少，你心里清楚。你可能觉得，我给过你的那一点点钱，不算什么，如果有天我成为亿万富豪，那我借给你十万，不过是等于我施舍一角钱给路边的乞丐。现在我舍得拿出我的全部，还千方百计凑钱给你……你随便问问哪个有钱人，让他将全部身家给你，他会吗？"

柔山冷冷地看着我，说："是啊，他不会啊！所以我没法现在还钱给你啊！"

我搬起石头砸自己的脚，被噎得一句话都说不出来，愤怒地抓起她的手腕，说："这只表，足够抵得上我借给你的钱！你怎会有钱买表，又不还我？！"

她当即把手表摘下来，甩给我，说："拿去啊！还你了啊！"

我拿着表，又气又恨。

她带着七分厌烦三分心软，叹了口气，说："你对我的好，我会记得。但你要我怎样？我没有拿着刀子逼着你把钱借给我，是你自己要借给我的。我现在也没有钱，真的还不了你。”

“记得有什么用，你记得的我，根本不是我想要你记得的样子。我对你的好，全都一笔勾销吗？你前段时间还和老林去旅游……你为什么死不承认你给我戴绿帽子……”

我低着头语无伦次地辩解，突然抬头撞见她的目光——从那目光，我终于确认她不爱了。那眼光像一把刀子扎在心上，我手无寸铁，只能承接。

她收回那目光，转身走了，一并带走了周遭的空气——连空气都没有给我留下。

我想，经过这些挣扎，我终于彻底地陷在沼泽里了。窒息的感觉，原来就是这样的——爱的人离开，连空气都没有留下。

她走了好远，我才发现那块表还在我手里。好像《泰坦尼克号》里的露丝在下着大雨的码头，眺望自由女神像，摸到大衣口袋里那颗海洋之心。

但电影是电影，生活是生活。俗人如我，难过归难过，窃喜归窃喜，能讨回一点是一点吧。第二天，我赶紧跑去收购首饰手表的摊子，那师傅拿来一看，说：“假成这样，还换什么，扔了吧。”我一惊，不信，跑去劳力士店里，借口说缩表带。店员戴着黑色手套，取过表来，看了一眼，说：“抱歉，非原厂正品，我们不予维修护理。”

我悻悻地，赶紧走了。不知怎的，想起中学课文里莫泊桑的《项链》。

又认定：不是送表的人在骗她，就是她搞只假的安慰自己。

回头又觉得甚是无聊，我这样幸灾乐祸，哪儿有一丝比她高明的地方呢。这段感情，美好的全都蒸发殆尽，沉淀的全是铅华。

欠着的欠着，假装的假装着。

我们之间，就像这只表。

11.

若说学生时代一年年，像一座座连绵的山头，那么毕业就像一把斧子，砍断了山头与山头之间的那座吊桥，所有人都坠入那条叫社会的峡谷，在现实洪流中溺水，挣扎。

借着毕业，我隔绝掉了柔山的所有联系方式，从此再没联系过。

这些年我曾经努力回忆，最后一次见她，最后一次——到底是什么时候，到底是在哪儿，那天她的容颜又是什么样子。可我始终想不起来。

生活的新陈代谢，渐渐顺利地将那段日子碾到记忆的最底层，貌似已毁尸灭迹，彻底抹去。但不经意地，偶尔做梦梦到她，梦里还是气数将尽的争执和伤害，你死我活，无可挽回。梦里那种难过如此逼真而切肤，叫人醒来的时候不免怅然。

却又庆幸——我曾从那么难受的时候走过来。

因为时至今天，我知道那时我难受，但已想不起是怎样的难受。

想想也是，每个人心底都有一些不想再提的名字。围绕那个名字衍生的那些故事，总会渐渐沉没在时光中，也许连同那个名字本身也会沉没。

也许有的名字没有沉没，而是像孤独的冰山一样漂浮在记忆的汪洋，尖尖地只露出一角，不小心撞上去，才知道还有八分之七在海面下。

那名字就如八分之七冰山的重量，沉甸甸地尖锐，钉子一样扎在心里。

第五章

1.

我为柔山的事找游冬借钱时，他在越洋电话里问我：“你明知道她没说实话，为什么要帮她？”

我说：“我知道，她不管编什么借口，99.99%都是在骗我。可只要有0.01%是真的，而我没有帮她，她要是真遭殃了，我想我后半辈子都不会原谅我自己。我一想到那种难受法……我还是愿意帮她。”

游冬在电话里重重地叹了口气，那口气仿佛是从嘴里掉下一块砖，砸在地上。

他沉默了好久，说：“借钱这种事，你心里要有止损底线。借出去的，你就别想着还能要回来。还你了，是你运气；不还你，是平常事，你得有心理准备。如果你是惦记着想要要回来的话，别借。借出去，‘只能既丢了钱，又丢了朋友’——邵然，这话可不是我说的，莎士比亚说的。”

我黯然，说：“这些我都知道的，游冬，但我过不了她那一关。”

游冬说："邵然，不是你过不了她这一关——是你过不了你自己给出去的心。柔山的为人，我太了解了。她也不是彻底的坏，只是……你知道的，人一旦现实起来，就很残酷。叫你不要搭进去，你还是搭进去了。跟那种人，你犯不上有占有欲，跟自己还较什么劲啊……"

他又顿了顿，说："你是好人，性情中人，邵然。遇人不淑的事儿……你有点儿教训也好。我借给你，是为了让你有教训。"

那时的游冬，已留学美国，投靠舅舅舅妈家，从大一重新读起。表妹在美国土生土长，丰满，麦色的皮肤，单眼皮，画黑眼线，穿着艳俗，显得很早熟。十八岁的生日前夜，父母才把她两年前就已考过了的驾照拿给她，又给了她一辆丰田车的钥匙。她撇了下嘴，对车的牌子略有一点失望，但还是很高兴，跳上去拥抱爸爸妈妈。次日的十八岁生日派对，还没喝酒呢，就闹得鸡飞狗跳，如此一发不可收拾，眼看就是"动物派对"的坯子，一天到晚不见人影。舅舅舅妈很焦虑，叫游冬多劝她，要她像个争气的亚洲人那样，好好念书，进常春藤名校。

夜里，游冬上课回来，提着一瓶啤酒，轻轻敲表妹的房间门，里面应了一声："Yep[①]？"

游冬走进去，看她对着聊天软件上一个男人的头像窃笑，一会儿脸书的提醒框又跳出来，她应接不暇，丝毫没有停下来的意思。

游冬坐在她背后的沙发上，闷头一口一口喝啤酒，看着她连坐

① Yep：是的。Yes的口语表达。

着都显得那么欢快的背影，真是不知说什么好。一瓶酒喝完，还没说上话。

他甩了甩酒瓶，想着，管他的，于是又走出表妹房间。

走到门口，表妹在回复聊天的间隙，莫名其妙地转过头，用英语问他："你进来不是应该找我有事吗？还是只是来炫耀你能喝啤酒？"

他朝她笑笑，用中文答："没什么，你开心就好。你爸妈倒是很担心你，小心点。"

话音刚落，他就关上了房门，留下表妹一脸的没听懂，翻了个白眼。

2.

纽约的冬天，一夜大雪。清晨，四下一片干干净净的白，天蓝得发亮。这是游冬在异乡遇到的第一场雪。

闹钟尖锐响起，"啪"的一声按掉。赖床了几分钟，闹钟第二次响起。他掀开蒙住了头的被子，睁开眼，长叹一口气。摸到眼镜戴上，起床。上厕所，刷牙，洗脸。

一个人在楼下的厨房冲牛奶和麦片，吃早餐。舅舅舅妈一家还在睡。他穿戴整齐，塞上耳机，挎上包，出门去上课。

走到院子，赫然发现半个车身陷进雪里。他从没见过这么大的雪，停下来看了看四周，寂静而蓝，一只鸟飞离巢穴。他叹了一口气，放下包，拿了铲子开始铲雪。

车里冷得像一块冰。发动车子，二手的老款福特，一到大冷天，油道积炭严重，发动机燃烧不足，抖得像个筛子。隔了好久车子才像个抖累了的疟疾患者，渐渐平静下来。

热了车，刚开出街区不远，遇到堵车。红红尾灯一大片。他低头拉开抽屉，在车里点了烟，打开窗。

好清冷的空气，天蓝得仿佛这个世界安然无恙。

他忽然平静下来。扭开收音机，闹嚷嚷的新闻和脱口秀，迅速换掉，“刺刺”的换频声一阵又一阵，终于扭到一个放乡村音乐的台。反正都要迟到了，决定彻底不着急，享受片刻的停顿。

3.

游冬一直关心我和柔山的事，可那档子事儿说来话长，我总是不知从何说起，于是只能说：“欠你的钱，恐怕要过很久才能还你了。”

他很耿直地说：“我都不急，你急什么？”

他这么一说，我突然觉得，人这辈子，不是你自己有了金山银山就算了不得，而是当你一无所有的时候，还有人愿意无条件站在你身边，才算难得。

毕竟，当下这个现实社会，笑面逢迎谁不会，真正能有几个人，是你在一无所有还向他借钱的时候，他能不闪不躲，一直站在你身边？

留学生活有诸多空虚寂寞，他怕被人说孤僻，为了努力表现合群，也邀请别人来家里搞派对。来的人好多，朋友、朋友的妹妹的男朋友……喝酒的男孩女孩，一人一个名字，年轻的陌生的面孔，互不相识，一旦进入派对模式却熟得好像从小穿一条裤衩长大；实际上呢，第二天中午头痛欲裂地醒来之后，对方的名字、脸，全都想不起来。房间里一地狼藉，像遭遇暴徒洗劫一样，无人收拾。

他颓丧地坐在沙发上喝牛奶，无精打采。屁股下面是一件皱皱的外套，他纳闷是谁的，抓起来，回想起前一夜，一个男孩的外套上洒了酒渍，游冬贴心地说：“脱下来吧，我帮你扔洗衣机，很快就可以烘干带走。”

那男孩抬起头看看他说：“谢谢，我从来不穿洗过的衣服。”

男孩的女朋友笑了，像一条蛇一样缠过去，拉开他外套的拉链，脱下，扔在沙发上，脸没有抬起来看游冬，却有意无意地说：“你上周刮伤了车，也扔了。是吧。”

两人舌吻作一团。

游冬寒着脸笑了一下，走开了。

4.

秋天的时候，游冬一个人开车到芝加哥，去找在芝大念书的同学。在校园里，刚散了几圈步，两人都觉得好冷，朋友就带他进老图书馆去。这是全美最大的大学图书馆之一，宽大的橡木桌子，光润如镜；古典的阅读灯，像森林中的萤火虫。与其说是图书馆，不如说是一座大教堂。穹顶森森，庄严至极。书架缜密排列，放一本精装的硬壳书在桌上，落手稍微重了点，或者咳嗽一声，都有回音。

他坐在桌前，望着高峭的窄窗外面，金黄的秋天，风日静好。外面冷，也不想出去，就在图书馆地下室的小咖啡厅吃了一点简餐。无所事事地叙叙旧。喝了几杯黑咖啡，心跳快而紊乱，像要蹦出来。

朋友回了寝室，他一个人离开，开车去湖边。

街上冷清，人影绰绰，落叶树一片灿黄，天又长又静，只是风好大。都说芝加哥冷，他不知道那么冷。穿少了，一个人在湖边冻得瑟瑟发抖，抽了半支烟，风大得直把烟往他鼻喉里灌。难受，就摁灭烟头呆呆闲坐，看着清清朗朗的极高极远的阴天。灰色的无边的密歇根湖，轻轻泛着粼粼细波，像一个女人脸上的皱纹。不知名的鸟，在天空中盘旋来去，被风吹得无法控制飞行，落叶一样飘忽。

他一个人坐了很久，全身冻到不能动弹。

是在那天，他决定要去旅行。

要去看看这个更广更远的世界，要看尽这个看不尽的世界，趁青春，趁一切美妙，像一片掉落在手掌的雪花，还未融化。

夏天，他一个人开车从东北到西南，穿越中西部，又沿着落基山脉，到北边，再回到东海岸，周游了美国。一路天广地阔，自由得像在飞，日日夜夜漂泊，对路途上了瘾，不想停止。

带几张信用卡，一套帐篷睡袋，一摞CD，一箱衣服、杂物，一辆道奇越野。有时睡在五星级豪华酒店，晚餐吃生蚝；有时一个人睡在车里，迎着漠漠晨曦，肩酸背痛地醒来。

一个人开在一号公路上。从洛杉矶到旧金山，贴着西海岸蜿蜒而进，一千多公里的海景，美不胜收。到了Big Sur[①]，他在暮色四合

① Big Sur：大苏尔海岸，位于美国加州。

之时停在峭壁边沿，眺望辽阔的太平洋。

世界尽头不过如此了——蓝天碧海，如梦中的光源一般无边无际。白色风帆在洒满了碎金的海面点缀摇荡。夕阳如金黄醇酒，洒满了海面。偶有野花成片怒放，如同一匹匹丝缎在燃烧。黑色礁石散落海岸，拍打惊涛骇浪。一处小峡湾里，从峭壁上坠下一丝细细的瀑布，水打在沙滩上，汇入冰蓝的海水。

起伏的原野和草地，间或看到一段段残破的栅栏和废弃的农机。在荒原，大路笔直向前，像一条绸带，随着地表起伏，不断弯折，一直延伸到地平线。连着开一两个小时，看不到任何一辆来车。

有时候眼看着天边一大块乌云沉甸甸地擦过头顶，一场暴雨，雨刮器猛扫，却刷不出清晰的视野。就这么靠边停下来，在滂沱之中，听CD，等着雨渐渐薄了，乌云尽头划出两道彩虹，托着淡淡夕阳。

回洛杉矶之前，开到亚利桑那的时候，站在大峡谷之巅，四野一片赤铁矿色的大地，落日像天空的伤口，流出血来。

眼看着黄昏就要降临了，天色渐渐沉淀为暗红的凝血。旷野里找不到住处，他饿着肚子撑开帐篷，夜色一瞬间就落幕，荒原万籁俱寂。

四下如此壮阔、寂静，美得死在这里也不足惜了。他独自喝烈酒，打开车子的音响，用最大音量放CD里面的老歌，听到《佐罗的面具》电影原声《I Want to Spend My Lifetime Loving You》[①]，醉意

① I Want to Spend My Lifetime Loving You：《佐罗的面具》电影原声歌曲，《我愿用我一生来爱你》。

燃烧，想起那些简朴、明亮的旷野，还有枪声和篝火，突然觉得孤独、悲壮、迷惘。抬头，繁星当空，像撒满了碎钻的天鹅绒。他闭上眼睛，觉得自己已纵览宇宙。

就这样，他站在这异乡，一个人在旷野里张开双臂，像野兽一样声嘶力竭地大声吼叫。

5.

周游归来，又回到纽约念书。换了一辆新的好车，发动起来不再抖。去上课，做小论文，做演讲，有时候在中央公园跑步，度过黯淡孤独的圣诞节、没什么气氛的春节。有时候一个人去布鲁克林，在破落的街区，坐在满是狰狞涂鸦的篮球场旁边，看健壮的黑人打篮球。

第二年的复活节，飞去欧洲度假。在西班牙南部，塞维利亚的广场，天空苍黄如宣纸，落日饱蘸朱砂，以极为写意的方式洇开来，如一幅水墨画。在回旋无尽的阶梯和长廊上，鸽子扑棱翅膀，情人们亲吻，卖艺人弹着吉他。他背靠着廊柱，喝着饮料，舒适惬意地闭上眼睛。

就是在这一刻，他接到家里打来的电话。

电话那头母亲说："冬冬，你回来吧。"

他问："怎么了？出什么事了？"

"你回来吧。尽快回来。"

好像命运一把收起了华丽的魔毯，他从半空中直掉下来。

回国再没有父母簇拥在机场接他了，自己打了一辆车，回到家里。他没开灯，失神地看着黑洞洞的屋子，没有人。他觉得累极了，箱子也没有收拾，就这么躺在沙发上睡到天昏地暗。半夜里母亲回来，“啪”的一声打开灯，他突然醒来，亮光使他睁不开眼睛，是母亲的影子。

母亲鞋子都未脱下，扔下包就走过来抱着他，对他说：“冬冬，不管别人问你什么，你都说不知道，什么都不知道。听到没？！”

母亲端着他的脸，盯着他，又紧紧拥抱他。

那个长久的拥抱意味如此复杂，让他察觉到，这将是一个彻头彻尾的——坏消息。

6.

人生从春到冬，不过一夜。

从前的好日子里，那么多熟人、朋友、亲戚，贴脸贴面地巴结他们家。父亲躲客，一到过节，全家就去旅游。但跑得了初一跑不了十五，求办事的人守在他们家门前，昼夜等候，礼不收人不走。

为行得万年船，他父母为人相当低调，从不对他说起什么，他也不问。时间长了，游冬习惯了权力和财富带来的优越感，不觉得有什么不对。十几岁了，父亲还当着客人的面说：“大人说话，小孩子做作业去。”他就知趣地躲进书房。

如今树倒猢狲散，一个带路的人都找不到、一个关心的人都没有，消失得干干净净。世态炎凉这门课，他刚刚开学。

在父母被隔离调查的日子里，游冬没有他们一点儿消息。被带去了哪儿、发生了什么事，他一概不知道，也不知道能做什么。睡不着，也吃不下。有时候在沙发上饿昏过去，醒来时又是半夜。他独坐在沙发上，在黑暗中盘起腿，像小时候骑木马那样摇晃身体。他感觉一种强大的无形的恐慌，将内心渐渐抽成了真空，身体在气压下渐渐塌陷。

有天夜里，他似睡非睡，突然电话铃声响起，吓得他一抖。

接起来，咬着嘴唇不敢出声，电话那边很嘈杂。是母亲的声音，犹犹豫豫地传来："冬冬？在不在？"

他像个孩子一样，嘴巴一咧，差点就要哭出声来："妈……你们什么时候回来？"

"冬冬，你还好不？你要懂事，你要让我们放心……自己有没有好好吃饭？你别担心……我们都还好……这里情况不太好……但你不要担心……"母亲明显有些语无伦次，那经过努力克制仍无法掩饰的哭腔，令他不由得感觉身心又塌了一块下去。

那个电话之后没多久，父母就被正式拘捕了。

游冬千辛万苦找去看守所，当时父母还没被判刑，狱警不让他探视。他傻傻地提着两条中华烟，急得站在办公室里哭了出来。

这种场面狱警见多了，完全麻木。游冬被劝了出去，但他倔强地站在阴冷而寂静的走廊上，红着眼睛，提着烟，不肯走。

半人高的深蓝色墙漆，年代久远，通体油光锃亮；磨石地面滑得像冰，阴阴地映得出人影。

一直等到办公室的人下班，他还贴着墙站着。关门的那个狱警看了他一眼，拿出一串钥匙，一边"哐啷哐啷"锁门，一边叼着烟，阴阳怪气地说："爹妈都进号子了，你这么大个儿子，就只知道站在这里哭，出息不？”

游冬不知道说什么，大叫：“他们是被人给害的！”

狱警锁好了门，转过身，难以置信地看着他，突然较了真，说：“被害的？！”

狱警耸了耸肩，下巴有一丝冷笑的弧度，又突然收起，认认真真地说：“你爸跟你妈，一个乱批地，一个乱盖房，整了一个亿，你还在这儿喊被害的？！你们害人还轻吗？！人家告你都是实名举报！实名！”

说到“实名”两个字，狱警的声音突然提高，又刹住了。他瞟了一眼游冬，游冬满眼都是刀子一样的目光，却因为找不到目标，显得没有杀伤力。狱警兴味索然地收回了视线，提着大串钥匙，叮叮当当的，摇摇头，走过游冬身边。

他站住了脚，又拖长了声音，说：“小伙子啊，很多事情不是你以为怎样解决就可以怎样解决的啊，你提着烟也没用啊。你得等他们判了，不上诉了，再去办手续来探视。这是规定，知道不？”

他语气轻松，仿佛只是通知一个补办身份证的人，办公时间结束，下次再来。

“他们是被害的！”游冬冲着狱警的背影，撕心裂肺地咆哮着，“被害的！他们是被害的——”他的嘶吼声混杂着绝望的哭腔，拖得好长，已完全听不出是什么字眼。那声音像骨肉被碾成血泥那般痛苦，流得到处都是，漫溢在空空荡荡的走廊。

狱警冷漠地回头看了他一眼，背影一闪，消失在走廊的拐角。

游冬像一只漏沙的破麻袋那样，贴着墙软了下来，涕泪一脸，拳头攥出了冷汗，双手抖个不停。

7.

再见到父亲时，判决已尘埃落定。在监狱，隔着栏杆，游冬简直认不出他来。他那么老，那么疲弱——仅仅像是从前那个父亲的影子。

但坐定之后，父亲看着他，那种熟悉的平静，让他找回了一点记忆。像一棵大树那样，摇撼不动的，父亲的记忆。

游冬想喊他，真怕那是最后一次喊他了，但声音冲到嘴边，突然像是被抽掉了底气似的，变得极其微弱，他只是轻轻喊：“爸……”

父亲就这么面对着他，清清楚楚地说：“游冬，你放心，我不会去死。你就当我跟你妈，搬了个家。我就是要活着看到你有出息，就算死在这里……死也要看你，好好的，活出个样子来！没钱了，你书也得读下来！”父亲有一瞬间的激动，声音突然抬高，狱警向他们投来了警惕的目光。

父亲咽下一口气，喉结跳动了一下，又平静下来。他低低地说：“舅舅会帮你的……舅舅会的……”他声音很虚，仿佛自己心里也没底，“你要懂事……好好照顾自己……”

父亲还说了些什么，游冬已失了神，什么也听不清。他止不住地泪眼滂沱，趴在父亲面前，不停地说：“对不起，对不起……爸，对不起……对不起……全都怪我……”

不论父亲怎么打断，他都止不住道歉。父亲急了，终于吼出声来，手铐摇出了剧烈响声：“你给我听着！游冬！”

父亲的目光，劈在游冬的脑门儿上，生疼生疼的。他死死压着嗓子，沙哑地对儿子说："该你的，没人拿得走！不该你的，迟早得还！就这样！你要把我们给你的，变成你自己的！那样就没人拿得走！你听到了吗你……"

游冬哭着点头，父亲说什么他都点头，等他再抬起头来，一片模糊泪光中，父亲已被人带走，消失在他眼前。

8.

父母坐牢之后，他只觉得人生好像结了冰。

回美国的飞机上，想起从此之后，他再没有父母在身边了，一墙之隔，竟比天堂、地狱更遥远，眼泪就打了转。他觉得耻辱，强忍着不掉下泪来，一路十几个小时，忍得嗓子都刺痛起来。

他扭过头去对着舷窗，外面是一片云海，翻滚如涛，夕阳如醉如幻，好似天神打翻了一杯彩虹美酒。那般美景，仅仅在几个月前，他还曾欢心享受过，如今再看，却显得如此冷漠无情，好似脚下尸横遍野，兀自对镜梳妆。

就在那一刻，他输给了泪意，头贴在舷窗上，哭得没有一丝声音，只是双肩颤抖得厉害。他想，可能一个人一辈子的福分是定量的，提前用完了，就没了。早知如此，他宁可之前不要过得那么好。

那一刻，像有一扇沉重的门缓缓打开，什么声音冷冷地对他说："欢迎来到人生。"

第六章

1.

我在网络新闻里得知游冬父母的消息，相当吃惊。打电话过去问他，找不到他人；网络留言，也无回音。

对此事件，外界评论自然是拍手称快，骂得痛快淋漓。若我不认识他们，那我也一定属于那叫骂着的大多数。可我站在一个与当事人如此接近的视角，手里还欠着他们的恩情，认知就迥然不同了。

我突然明白了书里读到的木心先生那句话："在这个世界上，没有正义，只有正义感。"

若有可能，我也愿意帮游冬一点什么。可我什么也做不了。

柔山离去之后，我的生活和内心如海啸之后的狼藉渔村，满目疮痍，耗费漫长时间进行修复和重建。找工作，更多的是为了使自己的生活正常起来。当然，那所谓的正常，不过是每天和几百万人一起，搭公车挤地铁，上班，下班……相亲，结婚，生子……直至老去，死去。

想到此生，不过几个词语就可以概括完毕，我有种无所适从的恐慌。

这是一个思考让人痛苦的世界。反反复复告诉自己："不要想太多，不要想太多。"我安慰自己，这是正常的，是对的，几千万人几亿人都这样度过一生，这样的一生已经是幸福的。我没有资格说不。

毕业后，我买了一辆二手电瓶车，找到一份在国际旅行社做文员的工作，决意要在这个大城市扎下根来。

转正之前要忍受长达六个月的实习期，每个月只有一千元底薪，两百元交通补贴。我知道有太多人熬不过这六个月实习期就走掉了，所以小公司都靠这样的实习生来降低薪资开销。人员流动之大，叫人咋舌。但这是我第一份工作，我想要一个好的开始。

每天七点闹钟响，赖几分钟床，七点半出门；在楼下的包子铺买一杯软塑料杯装着的豆浆、两个包子，就汇入生活的洪流。公司离我住的地方比较远，地铁没有站，公车太挤了，路上又太堵，只能骑电瓶车。

那么多人和我一样，骑着电瓶车，穿着廉价西装，嘴里还嚼着包子，穿梭在堵得水泄不通的马路上，见缝插针地钻来钻去。忙碌的意义在于它能够剥夺你思考的时间和精力，面对一个个拥堵的路口，一条条尘霾弥漫的马路，一声声汽车喇叭的啸叫，叫你失去质疑的能力。

不出意外，九点钟我能准时到公司打卡，然后坐下来，开始一天的工作。程式化的翻译件，手续，联络，经过我手的资料所属者，他们去德国，去美国，去日本，去埃塞俄比亚，去智利……一次签证动辄收费几千，其实不过是很简单的手续。

刚开始心里还有些好奇，那是些什么地方，那是些什么样的旅行和生意，时间长了，就不在乎了。像个做了一辈子手术的外科医生，眼前只有器官，没有活生生的个体；也像本分的银行出纳，过手一沓沓钞票，就像一张张白纸。

公司在闹市区，一座旧写字楼里。我们的办公室靠近走廊尽头的厕所，一股又潮又臭的味道永远似有似无，幽灵一样徘徊在办公室里。

下了班，晚上在外面吃一点东西，骑着充好电的电瓶车，回到屋里。有时候疲惫得连澡都懒得洗，打开电脑看看电影，不到半个小时，就困了，倒头就睡。

第二天被闹钟吵醒，如此往复。

2.

我一直觉得生活最卑微处，不是现状如何黯淡，而是看不到未来。我发现我那时最远的，只能看到一个月之后，该缴纳房租的时刻。

直到有一个星期天，我昏睡到中午才醒来，浑浑噩噩起身走到厕所里，望着镜子里的自己，愣住了：头发好长，三天没洗格外油腻；脖子后面的头发被衬衣领子戳成了企鹅尾巴那样的形状；前面又翘起，按不平；发痒了，伸手挠一挠，一手油腻的气味。

我突然有种沮丧到极点的感觉。

在这个四人同租的单元房里，三个房间分别住着我、榔头，还有另一对永远打不到照面的情侣。厕所永远没人打扫，废纸塞满了垃圾筐，压一压，再继续扔，一直到堆成尖，溢出来，还是没人去倒掉。

越脏，越没人打扫。

心理学界有一个“破窗效应”，来自一个试验：一栋完好的房屋，很少有人会故意打碎它的玻璃，翻墙而入；而如果它本身就是一座废弃的窗户破损的旧仓库，那么很快窗户会被打得更碎，人们朝里面扔垃圾、在墙上涂鸦……一段时间之后，这个地方最终会变成一个彻头彻尾的垃圾库。

人对本来就糟糕的东西，有一种天性中的放弃。这大概是为什么好的总是容易更好，坏的总是容易更坏。

我当然不能说我的生活有多坏——一千二百元的工资，饿不死。只是看着屋子里一地软绵绵的头发，灰尘，布满果汁渍、咖啡渍的茶几，没人倾倒的垃圾桶……我会觉得有种挫败感。

榔头是做保险销售的，一直没找到门路，干得很辛苦。每天穿得周吴郑王地出门，胸口挂一块公司的名片卡，站在街上，手里端着一块塑料书写板，夹着一沓信息资料表，看到路人就上前微笑，询问是不是需要购买保险。当然，绝大部分人在他靠近之前就躲掉了。

没有“站街”的日子，他就在公司打销售电话，一天被挂掉二百次，被骂五十次，其余的一百次是置之不理，连续两个月都没有开单，只领到五百元的底薪。

为了签单，他像我一样骑着一辆电瓶车，穿梭在这个城市的各个角落。他每天回家来，房门一关，不久里面就会响起电脑游戏的声音，直到深夜。

隔壁房间的情侣，我极少能与他们打照面。他们永远窝在一个房间里，像两只穴居动物，看碟、睡觉、做爱，吃外卖送来的用塑料袋提着的食物。吃完拉开房间的门，手从门缝里伸出来，朝小垃圾桶扔东西——塑料袋常常被筷子或者竹签戳破，油汤就漏出来，流得一地都是——当然，他们能做到熟视无睹，从不倾倒、打扫，出门的时候，低头看到油汤，跨一步跳出去便是。

这个老房子是十多年前建的，没有水压，也没安装电泵，到了五楼，自来水管里根本只有涓涓细流，热水器点不燃火，无法淋浴。若要洗澡，只能烧开水，倒进水桶里，再兑满凉水，用毛巾蘸水打湿身体，或者举起水桶来冲淋。夏天还好，到冬天，这样原始的洗澡方式很冷，能不洗就不洗。

于是就有了我现在这个样子。

那天我对着镜子，看自己乌青面色，头发又乱又腻，我突然觉得，不能再这样下去了。找了读研究生的同学，租了一个研究生寝室的床位，打算住回学校去。

什么东西都是失去了才知道它的好。我怀念起学校生活来——那里一切都便宜，有食堂、澡堂、开水房，有草坪，有图书馆……寝室尽管脏乱，但也不至于油汤漫溢。除了有宵禁不太方便，其他都好。

本来房租还没最后到期，还有一个星期才打算搬走，但到了星期六的夜里，我无端失眠，辗转反侧，无论如何也无法入睡。听到隔壁那对情侣做爱的声音，一直在哼哼唧唧，床垫的旧弹簧发出极其规律而刺耳的吱嘎声，我感觉自己像一根火柴，“哧”的一声划燃了，身心如焚。

突然极其暴躁，当即起床，“噼里啪啦”收拾了所有的衣物，发现其实不过两麻袋而已。就这样提着东西离开这个窝，再没有回去。

在街上徘徊到天亮，四下又响起一阵阵沙沙的扫地声。是周末，城市醒来得很迟。我突然想起那些在机房蹭空调写稿子、凌晨一个人出来跑步的日子。

走着走着，不知不觉看到了和柔山租住过的那个房子。我望着那座楼，在熹微的晨光中，安安静静，似乎什么都没有发生过。一个窗口就有一个早已尘封的故事。

我想起那一锅当归汤的味道，如此饱满、充实、寂静，亦甘亦苦。

为我想要的生活，我不是舍不得付出代价，但现实是，我只知道我不想要什么，却不知道我想要什么。

3.

住回学校之后，感觉好了些。周围都是上课的年轻学生，看上去无忧无虑。有时候下班回家碰到散步的小情侣，相互轻轻搂着，步子又小又碎，手里还有书本或者水杯，谈笑轻快。

爱情在他们身上如夏花般绚烂，容易让人以为它也会如秋叶般静美。

但常常不是。

公司里只有两个男生，其余都是女的。狼少肉多，捡不少便宜。一个女生每天给我送午饭来，她叫许贞祺，我们的办公桌离得不远。

人总是这样，一开始不适应的好，久而久之就理所当然了。刚开始还不好意思吃她做的饭，后来习惯了这份心意，还挑三拣四地点菜。虽然我实在不知道，我那副头发油腻的狼狈相，有丝毫值得讨好的。

送饭一个月之后，我们自然而然地开始约会，当然，上了床。

我不知道贞祺竟然是处女。有一丝犹疑，然而不可抗拒的情欲，叫我无法停止。她叫疼，我就轻一点，过一会儿又忍不住激烈起来，她就不吭声了，忍着。

做完之后，她留恋温存，紧紧抱着我，无声无语，像一只猫。依稀说了些什么，我却都没听见。就这么平躺着，在潮水退却之后的空白中，无端孤独和疲倦。

那个夜晚我整个人是彻头彻尾的空白，感觉空空躯壳，什么也没有。我意识到自己可能要失眠，突然很害怕，就起身喝了些二锅头，再蒙头倒下。仿佛预感到回忆要来拜访我，避之不及，所以早早锁上门，熄了灯。

只是想入睡。

贞祺什么都不要，不问我买衣服，不问我吃好的，只是安安静静地和我在一起，窝在床上看五块钱一张的DVD盗版碟，也很开心，哪怕电影的内容她其实不太喜欢。

再没有比她更好的女人了，我想着。是不是老天可怜我，才让她来到我身边。

因为没钱，极少在外面吃饭。和贞祺一起租房的几个姐妹凑钱，由她负责买菜做饭。她每天晚上下班了就去菜市场，回来又是洗又是炒，小小房间里饭香扑鼻。同租的几个姐妹把晚饭吃完，再把第二天的午饭装进饭盒。她多装一份，是给我的。

我去过她的小公寓一次，室友都是女孩子，房子陈旧而狭窄，却打理得井井有条。她喜欢做饭，炒菜的时候，我坐在她的房间里，那股浓浓的香气，一直从厨房飘到我脑子里，叫我不由得放下书本，抬起头来。从未闻到过这么香的饭菜，那香气里包含着盛大的平静而卑微的生活气息，由柴米油盐构成的熨帖，叫人心里无限安心。

她是很会过日子的普通居家女孩儿，喜欢买菜做饭，喜欢做家务，喜欢看国产剧。感动起来，鼻涕眼泪一大把。偶尔逛街买衣服，在小摊儿上砍价，花半小时和老板磨嘴皮，一条裤子从八十元砍成三十五元，最后成交，得意地翻开小花布钱包，准备给钱。我拦住她，替她付了。她有一点不好意思，却又明明很受用，笑得那么开心，拿着裤子在身上比画，问我："好看吗？"

我也就笑着看她，说："好看，你穿什么都好看。"

她又说："要不给你也买一条？我看看有没有男式的。"

我赶紧说："不用了，不用了。"

太阳又软又绵，晒得人快要融化成一摊水。我那一逛街就犯困的毛病，依然没有好转，逛久了，困得像是被抽掉了筋骨，只想坐下来。

贞祺给我买来一瓶矿泉水，递到我跟前，说："不好意思，你累了吧，我们这就回家。"

我坐在步行街的长凳上，抬头望着她，接过她的矿泉水瓶，那一刻想起柔山来。

我努力要自己像对柔山那样对她说："没事，我陪你再逛。"但话到嘴边，就说不出来了。

想起这些日子，每天中午吃她做的饭。衣服她会定时抱回去帮我洗，晒干了，熨好，再给我送回来。为了解决我的需要，每个星期我们抽时间，在她室友不在的时候做爱。

我内心很清楚，自己对她的感情，不值得她这样付出。时间长了，我熬不过心里的愧疚，想和她分手。

她站在一小块阴影里，眼里全是眼泪，问我："为什么？"

我张口结舌，隔了好久，只能说："你太好了，我什么都给不了你。"

她没有闹，低眉顺目，开始拼命地摇头，什么也不说，伸手捂住自己的嘴，哭得止都止不住。一边哭一边上气不接下气地问："我做错什么了？我到底做错什么了？"

听她那样说，我感觉心里有什么东西被一寸寸绞碎，但还是一滴眼泪都没有，只是把她拉过来抱着，由着她伤心，直到她哭累，把我推开。

贞祺对我说："你什么都给不了我，这我早就知道，可我本来就没有想从你那里要什么。"

4.

毕竟不够爱，所以说散就散的事，我真的做得出来——现在我才明白过来，柔山之所以那样对我，也不过就是因为，她真的不再爱我。

说分手之后，平日里在公司里碰到贞祺，我本还想做回朋友，打个招呼，但她根本不抬头看我，远远地，贴着墙低着头就蹿过去了。如此一来，我也不好再说什么。

不久之后，她辞了职，走得悄无声息。我在三天之后，问及同事，才知道她已经离开了。在我们那样的小公司，辞职、跳槽是家常便饭，没有人多看一眼，多问一句。

她走之后，我只花了不长的时间，就适应了中午自己去快餐店随便吃点儿什么，晚上自己回家窝在床上上网看碟，有空儿自己洗衣服的日子。

有时候还是寂寞，忍不住想给贞祺发短信道歉。编好了，又一个字一个字地删掉。想说些什么，终究又觉得没脸和她说。

工作对我来说，是为明明看不到意义的东西，日复一日交付生命。那种疲惫，像绳索一样，渐渐勒紧了我。常常下班回来，不想直接回到窝里，又不知何处去，就在学校的操场上一圈一圈散步。操场永远是青春的舞台。踢球的、练跑步的年轻学生，一个一个从我身边跑过去。手拉手的恋人，窃窃私语。看台上坐着三个女生，望着天，抱着吉他。

真不愧是大好青春，一无所有，依然有气魄将烟火生活拒之门外。

一个风清雾净的黄昏，天是阴的，层云如浪。我又在操场上散步，风掠过，空气里已有春天的浓郁气息，闻上去温暖极了。我望见天上有一只飞得又高又远、简直快要看不见的风筝，那么高、那么远，令人好奇放它的人在哪里。

我望着那只远得只剩一个黑点的风筝，想，人生还不如一只风筝呢，连一只风筝都可以飞得那么高，人生未免太重了。

就这么一圈一圈走下去，在天黑的前一瞬，教学楼的灯光突然全亮了。一时间我仿佛回到十六岁，那些晚自习之前短暂的自由时光。

如果早一点知道我们后来将要面对的世界不过如此而已，那么年少的时候，是否会少一些因为过度期待而产生的怨怼？

5.

我在旅行社的这份工作，坚持了一年。每天晨时去，尘中归，在汹涌人潮中，差点认不出自己来。电瓶车被偷过两次，也就买过两次。都是廉价二手货，电瓶老化，不经用，骑到公司就已经快没了电，得停进地库充上，晚上才能骑回家。

真是物似主人形，我和我的电瓶车都一样，看不了多远，也走不了多远。

后来做文案做烦了，我就调去干外勤，都是些杂七杂八的活儿，接机、送人、订餐、订房之类。

我鄙视我的生活，但我无法甩掉它，不能说走就走。

大好青春正当眼下，而手头那些文案，那些无辜屠杀了千万个时时刻刻的琐事……似乎有更好的用途。

又仔细想想，一生不是浪费在这些事上，就是浪费在那些事上。一个清洁工的一生就比一个医学专家更浪费吗？一个农民的一生就比一个旅行家更浪费吗？

自诩为人类，就不甘于在荒原上东游西荡、晒太阳、追逐、发情，不甘于觅食生禽，不甘于衣不蔽体，不甘于在山野里交配……不甘于无所事事。生命的空虚，迫使我们找一种兴趣或事业——科研也好，写作也好，哲学艺术也好——来消磨活着的这几十年。

如此，就渐渐有了所谓的文明。

但是，如果说我们像动物那样活着就是浪费生命，那么世上那么多动物，它们的一生，就是浪费吗？就是徒然吗？我们用工作来换取衣食住行，和它们用牙齿和爪子来换取生存，有本质区别吗？

想多了，绕不出弯子来，于是作罢。无聊地举着登机牌傻站在机场等，航班经常一晚点就是好几个小时，我站在人潮汹涌的出口大厅，望着红、绿闪动不停的巨大显示屏，盯着那些地名，想象远方。

我始终没有见过电影里那种深蓝或黑色的翻飞不停的显示牌。那种牌子可真浪漫，好似在旅途的起点和终点上跳动着的千万颗无法平息的心。可是在这里，没有那种牌子；我等待的人，也都与我无关。我常常在机场百无聊赖等人的时候，看着时间一分一秒被杀死，自己又无一丝胜利可言，觉得人生一败涂地。

6.

工作一年后，这种泥泞不堪的生活叫我绝望，像所有没有安全感的年轻人那样，我最终决定考公务员。我想，不知有多少和我一样，在体制下感到绝望的年轻人，最终却选择了投靠体制。

早已听说公务员考试竞争惨烈，我心里根本没有底。谁都知道，这事儿的水太深了，犹如尘埃的下落过程，如此不可捉摸，如此漫长，全是变数。和我一起参加国考补习班的同学，报考省会城市的热门岗位，已经连续考了三年。三年，屡战屡败，屡败屡战。

反正都没有捷径可走，那就硬着头皮上吧。为了备考，我蹲厕所的时候都在背书，做梦都是“三个代表”。

备考耗时一年，背水一战的日子，唯一的经济来源，就是写作。饿不死，当然也过不好。好在什么事情习惯了，也就说不上失意。

在那些深不见底的夜晚，看备考的书看到想吐，就闷头写东西。写着写着，天就亮了。那样的感觉像是打着手电筒，一个人在漆黑的郊外走路：月色寒冷，只有树在风中瑟瑟作响，四下是深蓝色的寂静，一路走着，内心恐惧，清醒，又亢奋。

在那样寂静而孤独的路上，我没有野心，无欲无求，只想在天亮前好好讲完一个故事。可能是这种无辜和赤诚，能够感动到一些人，所以我在另一个世界里渐渐有了很多读者。随着点击率渐渐攀升，网站开始给我报酬，又有出版商找到我，要签下我的作品。我在这条无心插柳的旁径上，竟然意外收获了第一笔版税。

其实不过五万块钱。

但这已经足以令我惊喜至极。有一种极为本能的情绪，叫我突然想给家里打一个电话，想听听父亲母亲的声音。

由于还要挪出四万来赶紧还掉我欠游冬的债，我只敢告诉他们我挣了一万。在某种内疚和无来由的乐观情绪中，我不断向他们承诺，以后我会挣得更多。

父亲在那头依然严肃，但听得出来他很宽慰。母亲对我的收获表现出惊喜和担心，一直不停地重复说：“好儿子，照顾好自己，别弄感冒了。妈不要你挣多少钱，妈活了大半辈子了，吃穿都不缺，什么都不要，只要你健健康康的，好好对自己……”

我可怜的父亲母亲……大概在我一门心思沉浸于爱情中不能自拔，为了讨女朋友欢心，花钱如流水从未心疼的时候，他们正在省吃俭用，提着环保袋，在菜市场和农民为三角钱斤斤计较；抱怨楼下的豆浆又涨了五毛钱；心疼快要变馊的饭菜舍不得倒掉，再撑也要吃完；将用剩变小的肥皂全都收集起来，揉成一团大的，再继续用。

如果有一天，他们无意中知道，我其实可以做到对人嘘寒问暖，煲汤送饭，任劳任怨，而且竟然还没工作就胆敢举债数万……我还是不是他们的好儿子？或者至少，他们是否会有一丝寒心？

在我自以为占据道德制高点，质问柔山——为什么要把真正对她好的人置之不理，为什么爱她的人反而得不到她的好——的时候，我是否想过，对我的父母来说，他们生我养我疼我，无怨无悔，不计得失，如此二十多年，到头来可曾吃着过我做的一顿饭、喝着过我熬的一碗汤，可曾得着过我一声嘘寒问暖，可曾接受过我送过的昂贵礼物……

……

不堪想。

就这样，我在默默放下电话之后，流下泪来。

7.

大约是因为小城雾江的公务员考试竞争不如大城市激烈，因此极其意外而幸运地，历经笔试、面试、体检、政审，我终于被录用了。

得知喜讯的时候，是个冷茶一般的下午，我待在家中，窗外细雨如诉，想念起旧日朋友，提笔给邱天写了一封信。

在信里，许多话写到最后，其实只是在自我鼓励。

……其实我鄙视将个人失意归咎于体制的心态，这等同于埋怨自己的出身，而谁能选择自己的出身呢。在我们生下来的那一刻，我们的家境、国籍、长相、健康、智商、才华……就纷纷成为我们握着的这一手牌。这一手牌，将陪伴我们终生。牌是注定的，而如何打好这一手牌，就成了一则终生游戏。

每个时代都有它的光明、它的阴暗。活着的我们，谁都无法生活在其他的时代，切身体会，对比到底哪一个时代是最好的时代。这个好的标准又是什么，又是对谁而言的好。

所以我相信有些事，不用抱怨，因为个人的奋斗可以改变它；剩下的事，更不用抱怨，因为个人再怎么奋斗也改变不了。

是的，我作为一个体制中的弱者，只能选择最大程度地靠近体制来保护自己。作为这样一个弱者，我的确从未为什么“发声”过，手点击一下鼠标，转发一篇帖子，不叫“发声”。真正“发声”的人们，可能已经失去了生命。其他的大多数“发声”，不过是嫉妒和抱怨，出发点在于私利——就像我明白，尽管我如此愤恨特权的存在，但如果给我这样的特权，我一定欣然接受——这就是人性。

8.

我有时候觉得自己不易，想想邱天，也就没资格说什么了。邱天在医科名校读德语班，本科学制五年，从进校的那一天起，就立志要出国。为此，她五年来拼命学语言，平时打工挣钱，到了毕业时，考公派留学，一分之差，被刷了下来。

知道结果的那天，她打电话给我。我一句话都没能安慰上她，穿着拖鞋，双脚冰凉，站在走廊里安安静静听着她在电话那端号啕大哭一场。

哭累了，停下来，电话那边，她窸窸窣窣地用纸巾擦眼泪，擤鼻子。过了一会儿，她整理了声音，说："对不起……耽误你时间了。你别担心，习惯了，我这辈子好像什么事都不顺，习惯了。你放心，我不会放弃的。我就工作一年，再多存点钱，隔一年再去。"

我不知道劝她什么，也就没说话。沉默的那一瞬，她挂掉了。

邱天无法忘记，考公派失败后，为了找工作，第一次去面试的情景。企业主管们向她投来的目光，强烈的同情中兼具一丝敬佩，却又出于实际考虑而对录用万分犹豫，她对此几乎可以一览无余。

不知从什么时候开始，她渐渐妥协，学会了如何顺应人们的同情心，并且聪明地善用它——那曾经是她最抵触的东西，如今她却能游刃有余地借此打败肢体健全的竞聘者，进了这家外企工作。邱天卖命一样，一边工作挣钱，一边申请德国大学。一年后，她如愿拿到了Offer[1]，即将自费去德国，攻读一个药学方面的硕士学位。

9.

邱天去柏林前夕，正值酷暑七月。她回到雾江办些临行前的

1 Offer：录取通知书。

事，顺便来看我。

我已过上公务员谨小慎微的太平日子。趁领导不在，想到要赴约，下午五点我就早早下了班。

是个盛夏天，闷热到极点，天色混浊如茶垢，一场大雨在即。在冷气十足的咖啡店，我们聊天，我说：“怎么这么急着出国？都准备好了吗？”

她凄凄一笑，垂目，黯然说：“邵然，我现在是……不走也不行了。”她停了停，说，“你知道吗，邱叶回来了……”

我还没有反应过来，问：“谁？”

“邱叶。他们的亲生女儿。”

我大吃一惊，差点打翻水杯。

“那么大一个人，突然回来了……当年她没有淹死。”

“那是怎么了？”

“被人拐走了。”

我愣在那儿，瞠目结舌。

“最糟糕的是……”邱天欲言又止地看着我，低下头，说，“她成了……那个样子。”

她说不下去了，眼望着窗外。几道闪电触目惊心地劈开，过了好一阵，才传来咆哮的雷声。霎时雨点“噼噼啪啪”砸在地面上，越来越密。树像疯了一样被刮得左倾右倒，一地飞沙走石，好像末日。

第七章

1.

邱叶一个人回来，只拎着一只小皮包，没有要留下的意思。

厂子还没有拆掉，一切都依稀还有旧日痕迹。找去老平房，破旧得看不下去，黑洞洞的，黑得她完全不敢靠近。人家说原来的住户早已经搬走了。她挨个儿问下去。找了那么多年的家，走近家门，迟疑着，却敲不下去。

邱父开门倒垃圾，看见她站在门口，笑着问她："姑娘你找谁?"

她望着这个老去的父亲，两人就站在门口面面相对，奋力撕开记忆的封印似的，快要揭晓的时候，她抖着声音，轻喊了一声："爸。"

邱父手抖着，垃圾撒了一地，差点吓死过去，惊叫着跑进屋子里去，"呀呀"大叫；邱母出来，看到她，吓得说不出话来，愣在原地，刚刚在洗菜的手，滴着水。

仿佛是足足站了一个世纪那么长，母亲才颤颤巍巍伸手去抱她，抚摸她的头发，看她真实不真实。

邱叶扑进家人怀里，一家子嘤嘤地哭，继而变成号啕大哭。邱母喊得撕心裂肺："老天爷，你去哪儿了啊！……"

三个人哭得上气不接下气，他们狠狠地捧着她的脸，她的眼泪都流到了他们的手上。就这么捧着，摇着，问她："这么多年，这么多年，你去哪儿了？！"

邱叶一个字不提，只是哭着看着他们。缄默如一座死城。

父母拿袖口擦泪，回厨房，简单把菜炒了，留她吃午饭。

她坐在客厅，双腿并拢，环顾四周。老座钟、老组柜、老字画；新电视机、新冰箱、新水壶。又走到父母卧室，站在门口不进去，端详屋内陈设。老床、老台灯、老衣柜；新梳妆台、新窗、新录音机。另一个房间是邱天的，什么都是陌生的。她的痕迹荡然无存，一丝一毫都没有。

即使有，她也记不得了。

父母端着菜盘子放到餐桌上，招呼她过来："小叶，小叶。"

三个人对坐，顿时往事如山，倾倒而来，重得她连筷子都提不起来。一桌饭菜已冰凉，没人动上两口。她哭一会儿，又带着泪对他们笑笑。

"我听说我有妹妹了。"

"是……她都大学毕业了……准备要出国……"

"学的什么？"

"学医……"

话说到此，再继续不下去了。一家人坐在一起，对着一桌凉菜，听着大座钟的秒针，“咔咔咔”地走时。

邱母的眼睛已经红肿得睁不开，眼泪又挂了一脸。眉头皱得太久，前额疼痛，她伸手胡乱按着。

邱叶饭也没有吃几口，执意要走。在门口，邱母扑过去抱着她的腿，不让她走，喊着：“我现在就报警，我现在就报警，谁把你带走的，谁……”

母亲跪在她膝头蠕动，哭得不成样子。邱叶像一根木头桩子一样，站在那儿，面无表情，被母亲撼得左右摇晃。眼看着过了好久，母亲都哭得发虚，没什么声了，她才终于艰难地提起一口气，哑哑地混着哭腔，咧着嘴，埋怨说：“你们当初怎么就不找找我呢……”

父亲苦苦地说：“我们都找疯了哇……都以为你已经……”

2.

命运狰狞。爪牙下的众生，劫数重重。有的逃过了，有的没有。

你是否见过黑暗，那种一整块固体一样的、打不动撕不碎的、不知道自己长有眼睛的黑暗?

她醒来的时候，不知道自己还有眼睛。什么都看不见了。她觉得自己眼睛没了，在黑暗中大哭大叫，声音全被反射回来，又覆盖在自己身上。她伸手摸自己的眼睛，好像还在，也不痛。

是黑暗。彻彻底底的，固体一样的黑暗。她闻到那种冰凉的潮气，微微发腥，一丝丝侵入皮肉、骨血，冷得她发抖。

她就这样被人关了好久，到底多久，她也说不清，十年都没有那么久过。在固体一样无法反抗的黑暗里，每天有人送一碗饭来。顶上光一照来的时候，刺得眼睛完全睁不开，还没能看清楚那人的模样，就又恢复了黑暗。时间久了，她哭喊至哑，地窖内全是她排泄物的臭味，又冷又潮又臭。

等她被人提出来的时候，外面季节都变了。她还穿着夏天的衣衫，外面已是丝丝秋凉。那是一间破屋子，泥灰墙壁，贴着破旧的年画。大炕对着窗子，堆着被褥。一口大黑灶，像一张吐不出字眼的嘴巴，杵在门口。

太久没有见过光亮，她只觉得周围亮得她睁不开眼睛，充满晃动的人影，在绑她的手和脚。

她想大叫又叫不出来，刚叫出一点点声音，一块发臭的布就塞进了嘴巴，那抹布的气味让她差点呕吐出来。

“再叫把你扔回去！”

这是她听到的第一句话，口音异样得她几乎没反应过来。因为挣扎，她又被绑在炕上好多天。她不肯吃，不肯睡。那家人为了困住她，连门窗都改造了。她闻到自己发出野兽一样的臭味，没有洗过澡的、沾着排泄物的、带着地窖潮腥气的臭味。她渐渐看清那家人有一对老人、一个儿、一个女。那个女儿，患唐氏综合征，口齿不清，常流涎水，在家做些粗活儿；那个儿子，比自己的父亲还显得老。

她被喂了一点玉米糊、馒头。困了就像个沙袋一样倒在墙角睡过去。醒来的时候，有时候是昼，有时候是夜。她时时刻刻觉得冷。她几乎听不太懂他们的话，但她能明白过来自己离家有多远了。

尝试逃跑过多少次，就给拖回来打过多少次。

最远的一次，她跑到了山坡上——那是什么地方，一棵树都没有，眼前只有一片黄，黄的天，黄的地，无边无际，人烟都看不到。她根本不知道往何处跑，被狗给追了回来，小腿被咬得血淋淋。那家人操着木棍扑上来，扯开狗，把她扛了回去。

男人夹着一支烟，从背后捂着她的嘴，在她的大腿上"刺刺"地烫了下去。她被捂着，惨叫声听上去更像是某种怪兽的呜咽。那人就这么死死捂着她的嘴，再将被摁灭的黑烟头对准她的眼睛，说："你再跑，我就把烟头塞你眼里去。"

常年被关进地窖里睡觉，白天放出来，用长的铁链子锁着，叫她坐在原地做些杂事。睡地窖睡得她只感觉缺氧，头晕乏力，浑身难受，只两年就得了风湿，痛得坐立不得。

从秋入冬，夜晚门外的风声呼啸犹如狼嚎。一到晚上，就哭着不想进地窖。两个老的心软了，想着，还不是留着给儿生娃的，就放她不睡地窖。儿说："她睡炕上是要杀了我们全家的。"于是他们用绳子绑住她双手，铁链子拴着脚，和狗锁在一起，才让她睡上炕。

她白天里表现温顺，就少挨很多打骂，人们的警惕还会放松。一放松，她就跑。好不容易开了锁，取掉链子，逃跑出去，还没多远，浑身关节就痛不可忍，每走一步都像刀子在戳。她还是被捉回来——她跑得过狗，也跑不过人。左亲右邻把她捉到了，都送回给那家人。这个地方赤贫，没有人嫁过来。买媳妇一点儿都不奇怪，娶不到的，都这样。

她不是被买来的第一个。他们本来想买个大人，买不起，买了也怕关不住。买过一个男婴，花尽大半家产，养到一岁，给人找了回去，儿子还被关进监狱，坐了牢。

几年后，这个儿子从牢里放出来，更没有活路，留在老家种地，在贫瘠而荒凉的山旮旯里，种着一个个升上来又跌下去的日头，愚昧的、无尽的日头。全家只想要一个后，合计了半天，还是买一个女童来养，最便宜，要隔得远的、找不回去的。

她像一头牲口那样被圈养着、拴着，吃饭、睡觉、做家务活儿。她已经不知道时间，只知道季节寒了又暑，天气冷了又热。天稍微变一点，浑身骨头就疼。夜里害怕进地窖，怕得想死。

十二岁，月事刚刚来，就被逼着成了亲。那是个大好天，明晃晃的日头高高照——她一生最悲惨的日子之一，竟然是个大好天。

这条沟里来了几户人家吃酒席，一支唢呐一面锣，尖锐而聒噪，听上去像斧子刮锅底。她没吃上饭，坐在洞房里，手脚都被死死拴住。喝得人事不省的男人，喷着烧酒、羊膻和各种说不清的臭味儿，走了进来，抹下了裤子，然后再扒掉她的。

十三岁，她就生了一个女婴，小得只有一只巴掌那么大。生出来见到是个女孩，就没人给她喂食，婴儿两天就死了。

十四岁，她又生了。这次是一个儿子。血淋淋的一坨肉从她的下体给拖出来的时候，她看见那一家人都在笑。他们高兴得眼泪都流出来了，所有人都围着那个儿子去了。

于是她找到机会再一次逃跑，成功地逃跑。

跑得昏倒在地上，再也走不动了，浑身打寒战，高烧，下腹痛得连呻吟的力气都没有。她闻到自己下身散发出来的恶臭。躺在地上，四下万籁俱寂，穹庐跟一口大黑锅似的，劈头盖脸死死地扣着她，只有一两颗孤星，像锅底的破洞眼儿。她想，死快一点吧，太难受了。

她醒过来，还是在那家人手里。还是那个破屋，还是那个炕。她的眼泪一下子流得满天满地，说："我再不跑了，你们不要打我。"

老爷子说："不打你。"

老爷子背着她走了十多里地，到一个诊所去，给她打吊针退烧，保命。

大夫说："产褥热啊。"

老爷子一言不发守着她，打吊针，退了烧，又买了药，背她回来。

命真硬，她又活了回来。又一次，被迫活了回来。烧退了，病大半算是好了，儿子都几个月大了。她要走，老爷子不让。

她跪着不起来，没吃没喝，跪了一天。一家人该吃吃，该睡睡，没人理她，好像她不存在。

只有孩子的哭声，不时撕破寂静。

深夜里，一家人睡得鼾声四起。是老婆子把她放了。老婆子一眼都没有看她，麻利地解开了绑她的绳子，轻手轻脚拉开门，像放一头羊。她踉跄着被赶出门，顶着一头黑压压的夜——还是像口大黑锅一样的穹顶，锅底像被砸穿了一个大洞——那是月亮。月光洒了一地霜。她昏昏沉沉地走，一直走。

一直走。

在镇上，她怕得要死，从来没见过这么多陌生人，觉得个个都要把她关进地窖去。

到了夜里，她饿得眼发绿，偷了小吃铺的肉包子，被抓到现行，推推搡搡地给送去了派出所。

邱叶心里害怕，哆哆嗦嗦地说不清楚自己年龄，说不清老家，也说不清楚山里那家人的事，当夜就被当作流浪青少年送入了收容所，警察让她就在收容所里等候家人来认领。

收容所里有一个大房间，三十多个通铺，大小孩子全都睡在一起。夜里，哭的哭，说话的说话，邱叶来了之后没睡过一个整觉，白天困得晕晕乎乎。所里的孩子们命都不好，各有各的来头，一脸戾气，霸道的就欺负弱小的，大人也不管，只知道把他们吼来吼去。

半年过去了，家人杳无音讯。警察来过一次，带来一个孤儿，顺便对她说，老家没找到人，再等等。

邱叶的隔壁床，是个生活不能自理的智障女孩儿。交谈不能，口齿不清，时不时还会屎尿一身，臭不可闻。邱叶来了，正是大冷天，所里的阿姨嫌冻手，就支使邱叶去给她换裤子、洗裤子。那姑娘虽智障，但生理发育却早已成熟，每个月来事儿，血裤子、血床单，到处都是，阿姨收拾起来，每次都骂得惊天动地。

有一天，那个智障女孩子被人带了出去，晚上又被带了回来。

带回来的时候是躺着的，小腹上压着一块沙包，面白如纸。

邱叶又怕又好奇，就问：“咋了？”

那个阿姨脸都没有回，只顾收拾那个女孩的床铺，说：“你该高兴啊，以后你就省得给她收拾月事了，终于给切了。”

她没听懂：“什么给切了？”

“子宫！就你肚子里面那个每个月都流血的肉疙瘩！”

邱叶一听，浑身汗毛都竖起来了。她认定这地方是待不下去了，下一个被切的就是自己，于是第二天就逃了出来。

想回家，分不清东南西北，随便扒上了一辆火车，蹭了一段给赶了下来。是在哪儿都不知道，流浪了几天，混进小地痞的群落，为了吃一顿饭，从了一个小流氓，做他女人。然后，她被送去歌厅当服务员，开始了漫长的皮肉生涯。

本想挣够了回家的路费，就自己找回老家去，可是每隔一段时间就被扫黄打非的抓进局子里，挣的血泪钱一次就被罚光了。拘留个十天半个月，又给放出来，又挣，又罚。

时间长了，连自己都把自己的命看贱了，回家的念头就没了。

命运即是一张蛛网，错综而脆弱。

当邱叶快三十岁了才头一次回雾江老家的时候，家里已无一丝她的痕迹。

她走进房间，像参观一座故居似的，轻轻地自言自语，回过头来对母亲说：“那个座钟我还记得。”

第八章

1.

八月酷暑的黄昏。城市的马路像纪录片里的非洲草原那样，烫得隐约可以看到热霾在升腾，拥堵的车辆像野兽一样成群缓行；整个城市咳嗽着、喘息着，带着发酵了一整天的废气和臭汗，迎来混浊的黄昏。卡其色的无云无霞的黄昏，闷热至极。

陈臣一个人坐在奢华商场的二十八楼咖啡厅等着客户。这是他的第一份工作，关于开车的——每周有四天在这家商场做泊车小弟，其余时间在外面接代驾的活儿。因为是这里的员工，人又长得讨女服务生喜欢，所以才得以在这间咖啡厅坐坐，而不用消费。这里的苏打水，七十八元一听，只用来一听，他一趟车就白跑了。

工作的时候，做得最多的事，就是等待。这个世界上，总有一些人的时间比另外的人更金贵，而他显然属于后者。

陈臣百无聊赖地，一会儿望向窗外，一会儿低头玩手机游戏，冷得一阵阵打战。好不容易选了个避开空调出风口的位置，紧贴着玻璃幕墙，却还是被这夸张的冷气冻得嘴唇发紫。

像很多定位奢侈的商用大厦一样，这里终年冬夏颠倒。

即使最冷的季节，室内温度仍是初夏，名媛们穿露背的丝质晚礼服参加新年晚宴，笑容婉丽；而高大的玻璃幕墙之外隔离着一个天寒地冻的世界，人们骑着电瓶车等红灯，棉衣臃肿看不出男女，拥挤的公交车像罐头一样塞满了人，空气闷到快窒息的时候，偶尔从车窗溢出一只胳膊或一张脸孔来，又因为怕冷而很快缩了回去。

而在这盛夏，室内温度大约只二十摄氏度。他冷得面色发青，已经坐了两个小时，手机被玩得都快没电了。百无聊赖而又无故焦虑，使他不自觉地坐在那儿不停地抖着腿，无法控制地咬手指，倒剪皮被撕得七零八落。

这两个习惯，二十二年了，居然还改不掉。

陈臣低头看了看表，已经八点了，说好了六点半的活儿。他不耐烦起来，打了个电话给公司调度：“原野她人到底走不走啊？再不走我走了。”

调度说：“给你说了原姐得罪不得，叫你等你就继续等！”

他懊恼地挂上电话。电量不足，不敢再玩游戏了。叹了一口气，双肘抱在胸前，闭目养神。睡意很快袭来，他困了，调整了身体的姿势，陷进沙发里，打算在客户叫他之前眯一会儿。

一梦之中，他依稀又见到从前。

2.

十八岁，父亲那样一走，陈臣的生活几乎被翻了个底朝天。他独自去省城，来到母亲再婚的家庭。母亲像迎接一个客人那样，有点拘谨忐忑地把陈臣带进家门。

那个家之大之豪华，叫他一时瞠目结舌：雾江老家的筒子楼跟它相比简直就是贫民窟。原来母亲抛下自己去投靠的是这样的生活，难怪她都不回来看看。陈臣心底愤然，阴沉着脸，一言不发低头换鞋，进门，背着胀鼓鼓的包，始终没有放下。

他背着包坐在沙发上，不自觉地开始抖着腿，右手不停地抠着左手的倒剪皮，不时将手指放到嘴里撕咬，撕得血沁了出来，仍无法停止。母亲端着一盘水果走过来，看着他抖腿，便轻声责备他："别抖"。

他全神贯注地撕着手皮，没听见。母亲伸手轻轻在他膝盖上拍了一下，他才突然回过神来，吓得猛地一缩。

母亲皱了皱眉头。她说："怎么还背着包？"说罢她伸手帮他把肩上的背包取下来。这时，母亲看见他的手，指尖没有一寸完肤，沁着血。他发觉母亲在看，迅速抽回。母亲眉头又皱了一层，说："这么大个孩子了，怎么还咬手？"

母亲已经又有了女儿，家庭和睦，至少看上去是。他在那个家里，觉得自己始终是个客人。从前和生父一起时，两爷子生活不怎么讲究，大热天一进家门就脱得精光，夜里习惯了四仰八叉裸睡。到了这儿，寄人篱下的日子，母亲和她女儿都在，他连每天洗澡，都得把外衣带进卫生间，一出来就穿得周吴郑王。

寄人篱下的日子，陈臣过得度日如年，恨不得马上就搬出去。距离高考只有三个月了，他根本无心前途，什么专业什么学校都无所谓了，只想随便考个地方，离家越远越好。

就这样，他去了一个名不见经传的大学，读了个商务管理专业。

坐上火车的那一刻，他一想到终于远离母亲，远离雾江，便如释重负。像一个罪人终于越了狱，背井离乡，隐姓埋名，要把历史全部抹去，在一个没有人认识他的地方，从头过活。

因为长相英俊，陈臣在大学校园里可算是呼风唤雨：组乐队，做键盘手，也主唱；搞搞社团，跟一帮有钱的子弟混，玩玩车，泡泡女生。山高皇帝远，继父与母亲都不管他，他也乐得自在。

一切看上去都很好，似乎真的从头来过了，总算是找回了一点从前风光无限的感觉。由此，他在内心彻底关上了那一道记忆的铁门，紧紧锁住，丢掉钥匙，再不打算回去，任凭园子里的荆棘和野草疯长，墨黑的茎秆快要接上天，溢出院墙来。

他曾以为，在无人认识自己的地方，往事锁住就好，可他不知道，世上最无可避免的事，除了生死，大概就是每个人或多或少的，最终都会变得和父母如此相像。

父母身上那些曾经让自己如此反感的部分，最终都渐渐在自己身上重现。不管多不想承认，儿女或多或少都变成了父母性格的拷贝。成年之后，儿女会用父母曾经对待自己的方式去对待父母，对待自己的子女，对待周遭的一切。

陈臣第一次暴跳如雷打了女朋友那次，其实连他自己都吓坏了。已经忘记了是什么原因吵起来，事情小得如今回想起来已经记不起，只记得是个热得让人暴躁的大夏天，窗外蝉声如火。他失控，一个耳光下去几乎把她打昏，又一把抓着她的头发把她的脑袋往墙角里掼，像狠狠地塞一只书包到寄存柜里似的。

出手之后那一瞬间，他感觉五脏六腑一下子爆出了皮囊，一个个悬在半空中，亲眼看到一个父亲般的自己复活，惊恐得连五脏六腑都哆哆嗦嗦地不想回到这具皮囊里去。

而那具空皮囊，却依然面不改色，一脸盛怒——那盛怒使得他的英俊看上去格外残忍。

那女孩像一只被捂在书包里的嘴巴，在墙角奋力发出尖叫，大哭……两只手在徒劳地抓着、挖着，但够不着陈臣的脸。那尖叫和哭声像针一样朝他飞来，陈臣感觉耳膜都要扎破了。

他突然止住了手，而她竟然连反击都顾不上，吓得落荒而逃。

陈臣呆在原地，像在不可置信地审视自己的超能力一样，低头看着自己的手。

那是一双指头平粗、角质皮被咬得惨不忍睹的手。

真正弹琴十几年、几十年的人，指尖肉都是平的，也没法留指甲。练弦乐的人，左手指尖甚至长茧，并不好看。电视剧里那些指甲修长的弹琴者，是在做戏。

他又盯着镜子里的自己。

这具皮囊英俊、挺拔，人见人爱。而那双手，却如此直白地暴露了他的童年、少年——他咬手的毛病，怎么都改不了，倒剪皮经常被撕得七零八落，出血，指甲也被咬得参差不齐。

读到一本心理分析，说，咬手指的毛病，与童年时期的焦虑、压抑、情感缺失有关。

他对此深信不疑。

没人可以相信，那样一双难看的手，属于一个三岁就开始练钢琴的俊秀少年。三岁那年父母离婚，母亲留给他一个泣不成声的背影，从此再无消息，取而代之的，是钢琴。

第一次坐上琴凳，脚下要放凳子垫脚，屁股下面要放书本垫高，不然连琴键都够不着。新鲜感只持续了一个星期，他就厌烦了。然而父亲持之以恒，寒来暑往，风雨无阻，哪怕陈臣发烧三十九摄氏度，仍然被父亲从被窝里拽出来，拖去上钢琴课。如此十年如一日，从未耽误一次。

童年时代，每一天晚上，在院子里其他孩子尖叫追逐的欢闹声中，他坐在琴凳上，练琴。父亲手持一根棍子，守着他。枯燥的练习曲教程一本又一本，像《新闻联播》那样没有尽头，两年练完拜厄，之后是车尔尼599、车尔尼849…299、740。

他恨钢琴，恨不得一把火烧掉，或砸烂。

至人生十八岁，他所有的努力，都在于和父亲作对，并从自己身上抹去父亲的影子——可他渐渐发现，不论如何努力，他仍旧是那个雾江教书匠的儿子，仿佛一个模子刻出来的，个性、脾气……他认识到这一点的时候，已经迟了。

大约就是因为性格的问题，他和女朋友都长不了，而托长相的福，他也从来不缺新的。久了也就渐渐无所谓，和那帮狐朋狗友在一起的时候，话题无外乎是回顾上个星期睡的那些女仔，谁的身材最好。为了在那个圈子待下去，他早早学会了一口溜圆的本地腔以掩饰自己的小城出身；若被问起家庭，他就搬出继父的官衔。

到毕业，生活仿佛一把收起了魔毯，他才知道好歹——找工作一路碰壁，最后好不容易在高级商场当泊车小弟，其余时候做代驾，收入还算过得去。

出入奢华商场的人们将钥匙甩给他，他负责殷勤微笑，小心地泊好。盛夏天仍然是西装革履，戴白手套，站在停车坪墨绿色大伞下。不能让客人看到汗水；接过钥匙时要鞠躬和微笑，态度要殷勤但需与客人保持距离；要记得将防尘袋套在驾驶椅座上，方才可以上车；关门要轻。

在一个客人与另一个客人之间，他们几个年轻小伙子站在伞下，无所事事，聊些车子和女人之类的话题，或者背地里讥笑某个顾客的寒碜。

这份工作对陈臣来说，只要别碰到大学时那帮朋友，就还挺好，反正他很喜欢车。

3.

那天陈臣被公司派去为原姐代驾，在等了两个多小时之后，他睡着了。一声雷鸣，像大地裂开似的巨响，紧接着电话声音大作，把他惊醒。饭局终于完了，原姐打来电话，要他立刻到餐厅来碰头。

陈臣迅速整理了仪表，下楼走到餐厅门口，一眼看到一位女子，黑色小礼服裙，长鬈发，背影高挑。年龄应该不小了，看上去却很年轻。她刚刚送走全部客人，陈臣迎上去，说："请问您是原姐吗？我是代驾小陈。"

她转过身来非常客气地对陈臣说："真抱歉让你久等了。"

他对她的客气和温婉感到十分意外，一扫等待的烦躁，直说："没关系，没关系。"

下到大厅，外面是瓢泼大雨。他拿过她的取车卡，冒着雨奔向泊车台。等待取车的人已排起了队，他钻过去拉住一个认识的泊车员同事，悄悄插了队，迅速把车子领到手。

陈臣举起大伞，跑过去为原野遮雨。将她护送上车，关上车门，再绕到另外一边，坐进车里。

“我身上湿，这座套我就不取了，不然弄脏您的车。请问您去哪儿？”他回过头去，礼貌地问。

原野报了一个地名，是一个相当远的别墅区。说完，她便将头无力地靠在玻璃上，浓密的头发覆盖了整张脸，上身薄薄地搭着条披肩，只露出精巧如玉的下巴。

他发觉，原野真是美极了。

外面已是大雨滂沱。闪电阵阵，不断撕裂夜空。瓢泼大雨浇在挡风玻璃上，视野格外模糊。车像一把利剪，从积水中剖开一条路——还从未在这样的雷雨之夜疾驰，其情其景令他感到莫名地亢奋。

下了外环，往小区开。这里是高档住宅区，鬼都看不到一个，干道上碰巧一路都是绿灯，他遇到路口，油门没松就飙了过去。恰时右边横冲出一辆电瓶车，凄厉的刹车声，像刀子一样刺破雨夜。骑车人一个侧滑，摔了下来，电瓶车则撞向他们，“砰”的一声。

陈臣狠狠刹住了，一瞬间吓得心跳骤停，肾上腺素猛往上涌，他的手抖个不停。他在心底默念了一声：糟了。

没压着人，他感觉得到，一定没有压到人。但电瓶车还是刮到了车的右前叶。

原野被急刹给弄醒了，她在后座没拉安全带，头撞到了前座的颈枕，轻轻地哼了一声。她睁开眼，带着一点儿恼火，皱了一下眉头，说：“怎么了？”

陈臣费力掩饰了慌乱，赶紧镇静而轻声地说：“对不起，对不起……没事，就一个电瓶车冲了出来，没事，您休息。”

其实他早就吓得六神无主了，声音都是抖的。陈臣慌慌张张地抽出座位旁边的大伞，下了车。大雨中，骑车人趴在地上，电瓶车侧压在他身上。还好没摩托那么重，陈臣试着将车子抬起来，可一手打着伞，另一只手显然力不从心，索性将伞放在一边。他抬起了车，在哗哗的雨声中问骑车人：“你没事吧？”陈臣一边说，一边弯身查看车前叶的刮伤。

那人恼羞成怒：“我操你大爷的！你看我像没事儿吗？！你居然还在关心你的车！”

陈臣也怒了：“你看清楚，是我撞着你了吗？！你闯红灯朝我撞过来你还有理了你？你不是找死吗？”

“你再说一遍你？”骑车人面露凶光，躺在地上不打算起来了，“嗷嗷”地叫唤着，“那么大雨，你开那么快你才找死！”

他的声音被嘈杂的雷雨湮没，听不清。

陈臣紧张地看了看车里，原野没有动静，真的不知道怎么办才好了。他又收回目光，看了看眼前这个摔倒的小伙子——湿透的衬衫紧贴着他麻袋般的身形，一个电脑包掉在地上，已经淋透。

陈臣死死咬着嘴唇，苦着脸，对骑车人说：“你这不是好好儿的一点事儿都没有吗？我扶你起来，咱们各走各路，成不？”

骑车人不依：“你想逃逸你？还不赶紧打电话叫救护车，找交警！你不找我找！想坐牢你就跑吧你！”

陈臣苦着脸说：“这么晚了，这么大雨哪儿来什么交警？你这是为难谁啊，我又没碰到你，这又不是我的车，你给前面撞那么大个坑你赔得起吗你？”

“我赔？你还让我赔？！”骑车人剧烈地指着自己胸口，双目暴突，叫得破了嗓子，声音都变了。

陈臣全身都淋透，气得叉着腰弯下来，真是遇到鬼了。他正万念俱灰，六神无主，这时车的后窗打开了一条缝，原野以极其平静的声音，说：“好了，两个小伙子别吵了。你，”她以目光点了陈臣，“你过来，把这个给他。”

她递过来一沓钞票，陈臣接下。

厚厚一沓。一下子就安静了，没人吵了。摔倒的骑车人不知道车内还有一个女子，竟然萌生一脸好奇，偏着头，目光绕过陈臣往车里看。

陈臣转过身来，见骑车人还在瞄车里，没好气地把钞票塞给他说：“这些都给你！这事儿就算私了了！我还得把人家送回去！”

陈臣说罢收起地上的伞，转身准备上车。

骑车人拿过钱来，低头一看，点数的工夫，陈臣已经上车了。骑车人还坐在地上，点完数儿，不甘休地大吼：“有几个臭钱了不起吗？！给钱就想了事儿？哎哎，想跑是不是？”

骑车人腾地一下就从地上站了起来，不肯罢休地跟上前来，“砰砰砰”地敲打车窗。他一边敲打一边叫喊，声音却被车身隔离，瓮声瓮气的。

车后座上，原野对此有明显的不耐烦，对陈臣说：“好了，快走。小心点。”

“哎。”陈臣应着，径直开走。开出一段，他瞥了一眼后视镜，那人还傻站在大路中间，冲他们张牙舞爪比画着什么。

终于开到了宅子，阵雨的劲儿已经过了，淅淅沥沥的。陈臣把车停下来，直到这一刻，他的手都还在抖。

陈臣赶紧下车，打好伞，绕到右边为她打开车门，伸手体贴地遮住车顶，以示小心碰头。

他只是个代驾，为何不自觉间就做到这一步，他也没想明白。

伞下，原野看到他浑身完全湿透了，面庞俊秀得简直像假的，表情极为紧张，有一种孩子般的无辜，很是惹人怜。

她说：“进来吧，换套衣服。”

“不了，”陈臣赶紧说，“真对不起，修车的钱我会赔您的，您……别告诉我主管好吗？我叫陈臣，工号229。我明天就赔您。”他有一丝讨好和哀求。

原野脸上有极其疲倦的表情，明显意不在此，又有不屑，只对他说：“好了，别闹了。进来。”

她的手轻轻招了几下，示意他跟上来，有些像在招呼一条令人无可奈何的调皮小狗。

她的气场叫他完全无力违抗。

菲佣殷勤地打开了门，迎他们进来。就这样，他走进她的宅子，灯光打亮的一瞬，室内是一派意料之中的整饬奢华。那一刻似曾相识，他觉得极为熟悉——噢，是的，他突然回忆起，十八岁时，头一次去母亲的家里，她打开门的那个瞬间。

4.

菲佣带他洗澡，又带他去更衣。陈臣一声不吭，默默跟随，像十八岁时初到母亲家里那样，拘束得小心翼翼。

换好衣服出来，原野正坐在沙发上打电话，目光却朝他看了过来。

菲佣给他们倒上了热饮，当杯子殷勤地递到原野面前时，她道了谢。这个细节使陈臣对她更有好感。

在他的成长中，没什么人会随口说抱歉、说谢谢。

她低头喝水，手指轻轻握着杯子，微微旋转，目光越过杯口，看着他。因为酒后微醺，她的神情显得格外柔软，富有意涵。

陈臣有一丝慌乱，低声说："真的对不起，我一定会赔您的……"

她看着他紧张的样子，突然笑了一下。

这笑容叫他难忘。那一刻陈臣从未如此渴望成为一个富人——他突然感到，如果足够有能力，他也会选择这样的女人。她有一种铅华未尽之美，因为有光阴的打磨，所以显得足够贵气、持重。他一直以为自己没什么异性拿不下来，到现在才头一次仰望到陈列柜上伸手够不着的珍品。

"你多大了？"她问他。

"二十二。"

"怎么出来开车？"

"工作……挣钱啊……"

"平时像这样开到这么远的地方，你都是怎么回去的？"

“……走回去……坐地铁回去……总有办法的嘛。”

原野面无表情，停了停，若有所思地点点头，突然对他说：“路上小心。时间不早了，你回吧。”

“好的。”陈臣乖乖答应，他竟有一丝失落，以为她还会多说些什么的。

“噢，对不起，差点忘了。”她放下水杯，在他疑惑的神情中，转过身去从钱夹里抽出几张钞票，递给他，“辛苦你跑了一趟。”

陈臣慌忙摆手，说：“不用了不用了，我都把你的车弄成那样了，我可不能再——”

她打断他，正色道：“一码事归一码事，这是你应得的。拿着，我从不欠人。”

陈臣不敢对她说不，只能乖乖接过来，用轻得自己都听不见的声音说：“谢谢……”

他站起身来，走到门口，又犹犹豫豫地回过头来，说：“那个……车的事……”

她倚在墙面，微微摆了摆手，轻描淡写地说：“好了，你不用担心这个了，明天我司机会处理的。他今天突然病了，请假。”

“晚安。”原野礼貌地站在门口，对他说。

“晚安。”他答。

她疲倦地勉强笑了下，有一种礼数已尽的意味，应声关了门。

陈臣迈出她的家门，如释重负地呼出一口气。他扭动一下脖颈，觉得浑身都绷得好紧，终于可以放松一下了。身上这套衬衣和牛仔裤，不知是谁的，却非常合身，散发出隐隐的淡香。

空气清新至极，土壤发酵出一种雨后特有的潮腥气。他回味着刚才那句“晚安”，突然想，原来还从未有人对他说过晚安。

即使有过，他也忘了。

陈臣走过院子，看着那辆枣红色玛莎拉蒂，右前叶撞得触目惊心。他回头看了一眼关上了的房门，疲倦地缓缓走向夜色深处。

5.

胆战心惊地过了一个星期，平安无事。出事那晚的骑车人没有找他，原野没有找他，公司也没有过问。

越是这样他心里越不安。也许是潜意识之中极其渴望再次见到她，所以一再想办法准备筹钱赔偿修理费用——对方不要是对方的事，他这边至少要拿出点诚意来。

然而，当他悄悄打电话去4S店询问时，他被费用吓了一跳，颓坐下来，想着，赔偿一事，即便有这个心，也没有这个力了。

那套衬衣和裤子还在手里，陈臣挂了电话，小心地翻看了领子内里的品牌标签——这还是他第一次穿这么贵的东西。陈臣特意将那套衣物送去干洗店洗好，叠好。

鼓起勇气去原野家的那天，他没有事先电约。特意洗了澡，洗了头，收拾干净，穿上自己最好的那套衣服。喷上一点香水，在镜子前左右观察，一切满意，他才带上那套换下来的衣物，出发去她家。

按照记忆中的位置，他坐地铁，出来又打了个车，顺利找到了地方。是个大白天，晴得万里无云，他这才看清，宅子是一组深棕色的美式别墅院落，深藏不露，后院极大。

他也不确定她是否在家，想来，至少菲佣是在的。从宅子里传来一阵时断时续的钢琴声，他极其敏感地试图捕捉那乐声，分辨出曲目，可没听出来。站在原地犹豫了一下，他按铃，对讲机器上传出菲佣应答的声音。

铁门打开，他走进院子。在门口等了一会儿，钢琴声断了。原野走出来，看到陈臣，神情非常意外。

陈臣说："原姐您好，我是陈臣，那天的司机。我来把衣服还给您。"

她朝他点点头，示意他进来。

"请坐。"她说。

菲佣端来茶水，他说完谢谢，目光掉转，望向她："原小姐，我这次来就是想正式给您道个歉……我专门问了维修店——"

陈臣话音还未落，她轻声打断他："你就叫我原野吧。"

他紧张得脸一阵青一阵白，说："这样好吗……"

"没事，你说吧。"

"我就是想说……我是想赔来着，但我确实赔不起……您看有什么方式……"

"不用了，没事。我已经让司机处理了。我库里还有。"原野说得很轻松。

"……实在是对不起……"他低声说。

"没关系，以后做事要小心。"

"……是。"陈臣尴尬不已，不知道再怎么继续话题，"谢谢您，那……您先忙，我走了。”

她却叫住他，说：“你有急事吗？”

“倒没有……”

“那你陪我说说话吧。”

他愣住，因为意外，有一丝慌乱，说：“我？”

“没关系的。你坐吧。”

陈臣窘迫地坐下，她问：“毕业了吗？”

“刚毕业。”他几乎没有察觉，自己一直在撕手指指尖的倒剪皮，撕得血直流。

“有女朋友吗？”她的问题接连不断，陈臣摸不清状况，迟疑地看着她，没说话。

“那就是有了。”她突然冲陈臣笑了一下，兀自判断道。

“已经分了。”他强调。

“怎么分的？”

“合不来。”他老老实实回答。

“小孩子家家，什么合得来合不来的。”

“真的合不来。我脾气又不好。”他认真地说道。

原野没说话，她的目光停留在他的手上，以一种极为爱怜的口气说：“这么大个人了，还玩手指。”她伸手过去，极其温柔而耐心地，触了触他流血的指尖。

她碰他的那一瞬，陈臣感觉全身过电一般。他低头垂目，没说话。

她也没再说话。一长段沉默。陈臣端着茶杯，低头喝水。茶杯真是个好东西，拯救多少尴尬时刻，好像每个家庭里的电视机、牌桌，否则人要心灵相对，言语相接，那多难挨。

她缓了一下气氛，掉转话题，说：“……才二十出头。真好啊。”

“您看起来也很年轻啊。”陈臣自己也觉得自己恭维得很笨拙。

“看起来年轻有用吗？要像你这样，才好……年轻多好，年轻，做再多错事，都有机会重来。”

她突然很动容，低头抚发。

“小伙子，勇敢点。趁年轻，不用怕，把能做的错事都做了。一个人一辈子，能做的错事，不多的。等你到我这个岁数，想去做错事，都不会了。”

陈臣猜不透她的意思，只能掉转话题，说：“我刚才进来的时候，听到有琴声。您弹琴吗？”

她端着水杯，轻轻点了点头：“平时不忙的时候，权当休息吧。”

“其实我弹琴也挺多年了。”

原野听他这么一说，面露赏色，说：“是吗？你学了多久？”

“十多年吧。”

“喜欢吗？”

“还行，以前是父亲逼的。”

“你父母现在在哪儿？”

“父亲……去世了。在我很小的时候他们就离婚……母亲现在有自己的家庭。”

“真对不起……”她道歉。

“没什么……都是过去好久的事了。”

“不如下次你再来，弹琴给我听。今天……一会儿我还有事。真不好意思。”她回头看了一眼座钟，逐客令下得相当温和。

“噢……”陈臣知趣地赶紧站了起来，背上包，说，“那我不打扰您忙了，我先走了。”他径直走向门口。

她叫住他：“等等。”

陈臣回头，她从钱夹里抽出钞票，递给他，说：“耽误你时间了，这是你应得的。”

陈臣拒绝，不肯接受。她突然正色道：“拿着。”

“劳要有所得，你得有这种意识。从来没有什么事是白做的。”

他犹豫了一下，收下了。她笑，说：“以后请你来陪我弹琴，聊天。就当上家教课，你可以按小时收费。”

陈臣说：“您开玩笑呢……”他一边笑，一边朝外面走，“我走了，再见。”

她送他走到门口，说：“没开玩笑。再见。”

直到走出原野的宅子，他还没回过神来。大概是原野身上那份礼貌与温柔，像这个晴朗的下午一样，令他眷恋——在二十二年来的生活里，他从未得到过如此礼貌与温柔的对待。

是不是某种强烈的卑贱心理作祟，陈臣陷入对她的迷恋。越是天然的不平等关系，他越喜欢，连性格都会一百八十度转变，温柔而克制，殷勤而体贴。而和同龄女生在一起，由于对手缺乏挑战，往往就肆无忌惮——面对同龄人时的他，像一道不够结实的堤坝，性格中的阴暗面如洪水涌动，时常泛滥、溃决。

而原野不是普通女生，她像幽静的深渊，叫他只能站在那深渊底处，仰望头顶那一小块又深又窄的天，彻底被驯服，得以平静。

这到底是为什么，他也不明白。大约是某种恋母情结吧，他在内心对自己解释道。也可能，他只是如此喜欢那种探戈舞步一般的进退，喜欢和父亲不一样的那个正常、温和、克制的自我。

6.

认识原野之后，她不定期请他去陪聊，按小时付费。有时是请他在外面吃饭、看电影。报酬不算少，条件是他必须随叫随到。

刚开始时他疑心自己快要变成男妓，还好没有。她只是与他说话。

人缺钱起来，什么都谈不上了。

人孤独起来，也什么都顾不上了。

陈臣不止一次地好奇，希望了解到她的发迹史，然而一无所获。他真的迷上她了，像个私家侦探一样，想方设法捕捉一切有关她的蛛丝马迹，就连在她的卫生间里方便的时候，他都要把她所有的护理用品全部把玩一番。

原野忙起来的时候，陈臣根本无法联系上她。她不止一次地、以极其严肃的口气，命令他："不要在我没找你的时候，来找我。"这可是她第一次对他说了祈使句，而没有加上谢谢。

有时候他觉得，若说原野是一座深渊，那他大概只饮了其中一杯水。他能看到的，都只是她不忙的时候。

她说，以前经常睡至中午过后才醒来，洗澡，化妆，思考穿什么衣服，折腾来去，就到了下午四五点。晚上出去玩，天亮前回家倒头睡觉。日复一日，年复一年。

年轻的时候，怎么熬夜都不怕，现在担心容颜枯萎，担心皮肤和身体，担心得癌症，不再如此熬夜。只要日程允许，她每天早起，早睡，上午做美容，下午做一点运动，散步，晚上看看电影就睡，养得细皮嫩肉。

空虚的时候，有时候就找陈臣来。他们聊很多天，说很多话，其实又好像什么都没说。

天气好的时候，就打开窗户，她坐在窗台上，喝一点葡萄酒，听陈臣弹琴。

他一边弹，她一边与他说话。

“说说你小时候吧。”

“我小时候……没什么好说的。”

原野不接他的话，以沉默强迫他非说一点什么不可。

“我小时候……只记得父亲打我，我是被从小打到大的。”

“为什么打你？”她问。

“他打人不需要理由的……他心情不好。他永远心情不好。不然就是，他觉得我不够好。”

原野还是没有说话，陈臣只得继续——

“……你知道他怎么去世的吗？我父亲气不过一个同事混得比他好，更气不过那人的儿子比我好，就在学校的走廊上，用榔头砸了他儿子，然后跳了楼。”

原野依然没有说话，但陈臣从她的眼神中，明白无误地读出了震惊。

“我一直觉得，父亲本来是拿来仰望的角色。当一个人认为变成他父亲的样子是一种耻辱的时候……”陈臣到这里，再也说不下去了，弹错了音符，突然卡住，忘了谱子，无法再继续。他停了下来，琴弦的震动还在持续，阳光下丝丝细小微尘被共振，正纷扬乱舞。他没有再说话，反反复复抚摸琴键。

往事他本来不想提，但她一再问，他也就和盘托出。越说越像别人的故事，自己都难以相信了。

“我从前那么恨他的性格、恨他的脾气……到头来，现在我和他越来越像。说话、做事、脾气、对人……”

“你脾气很好啊。”原野说。

“那是因为我面对的是你。”

说完之后，他感觉极其疲惫，非常低落，接续之前断掉的曲子，踉踉跄跄地把它弹完了。原野察觉到了什么，她从窗台上下来，放下酒杯，走到他身后，按摩了几下他的肩膀。陈臣闭上了眼睛，任她揉捏。

过了一会儿，她突然轻松一笑，刻意活跃气氛，说：“好了，怪我，让你说这些干什么，搞得这么沉重。有什么过不去的，别想了。”她来了兴致，要打扮他，说：“你这身坯子挺不错，怎么一点都不懂穿戴。”

原野开车，带陈臣去了他做泊车员的那家商场，买了几身衣服，把他拖到镜子前去照全身。她站在他身后，看着镜子里的陈臣，脸上有赏色，独自轻声说：“唉，我要是再年轻十岁，就好了。”

他还未适应这样的方式，把衣服脱下来，说：“原野，不要。不要这样。”

她看着他，脸上的表情由浓转淡，款款走上前来，像个母亲一样贴近他，左右打量他的双肩，伸手轻轻抚摸着他前襟的衣料，说：“你穿着吧。这么好看的衣服，现在不穿，难道等老了才穿？说不定，等我老了靠你养我。”她说着，悄悄地看了陈臣一眼，便朝导购点了点头，递上一张信用卡，又转身走向旁边的柜台挑拣。

陈臣愣在那儿，守着她的背影，心情复杂。

7.

那晚，原野带他去喝了两杯。在顶级酒店的咖啡厅，时间还早，人很少。灯光晦暗的角落里，一对男女相对而坐，谈判沉重而持久。那女孩极为年轻，漂亮得让人过目不忘，气质却成熟得与年龄不相称，连落泪都极其优雅与克制；男人神情烦躁，转身出去抽烟。

两杯威士忌之后，原野收回看他们的目光，转回来面向陈臣。她突然说：“十五年前，我跟她差不多。”

陈臣一惊，这是她第一次，对他吐露出一丝她的历史。原野笑容渐渐柔和，如裙摆那样荡漾开来。陈臣感觉她目光中似乎有层层海浪，肆无忌惮地拍打着他的躯体，而酒精正好令他像躺在赤道海滩上那般，热烈而放松。

入夜，两人皆醉得恰到好处。回去的路上，原野与他并肩走着，风大了起来，地上一片枯叶遁走的沙沙声。已快要入冬，天寒欲雪，夜色如深海。树们仿佛都哭了，叶子像泪一样掉。

原野忽然放低了声音，慢慢说：“陈臣，别浪费你的心。世上值得的人，没有几个。”

“……相信我，真的没有几个。”她微醉，低头又重复了一遍。

陈臣没在意她说的什么，只感觉酒意翻滚，浑身在燃烧一般，头重脚轻。两人默默走着，这么晚了，迎面竟有一群幼童吵闹着奔跑过来，笑声像浪花一样齐踝而过。

她忍不住回过头去看孩子们的背影，面露一种母爱般的怜惜之情：“这么晚了，大人也不知道在哪儿，不怕孩子出事。”

陈臣没有吭声。

她问他：“你喜欢孩子吗？”

他说：“还行。”

“还行是什么？”

“还行就是，看看可以，但我绝对不会要孩子。”

“为什么？”

“我当不了好父亲。”

“你怎么知道？”

“我没有耐心，肯定会用父亲对我的那一套去对待孩子的，这个我没法控制，所以我绝不要哪个孩子再经历一遍。”

“没试过，你怎么知道你会和你父亲一样。”

“我已经和他一样了，只是在你面前没有表露过而已。”

原野很久没说话，半晌，她说：“大概每个人都和父母很像吧。说来也是，怎么能不像呢……我们换个话题吧。你想过……以后做什么吗？”

他突然很敏感，问：“你要走了吗？”

她说：“跟我走不走有什么关系？”

“那你问我这个是为什么？”

“我就是问问你，你以后想要做什么。你年纪轻轻，难道从未想过以后？”

陈臣愣了，他第一反应竟然是想说“想和你在一起”，但他明白，他现在说出这句话，只能让她更看不起自己。于是陈臣想了很久，很没底气地说：“随缘吧，我还没想好……”

原野突然皱了一下眉头，这个细节让陈臣很担心，是否自己在她心中又被扣了分。

“我有个朋友正在卫视做一档选秀节目，投资很大，平台不错。我一下就想到你，不如你试试……我觉得你试试这条路，说不定很适合你。”

“这个不行吧……”

“你能别在你还没尝试之前，就先自我否定吗？”

“你真的觉得我行？”

“难道不行吗？你弹琴这么多年，在大学也组过乐队……这条路水是深了点儿，可你条件不错，又这么年轻，为什么不试试？”

“好吧……”

“我会帮你的。”原野补了一句。至于怎么帮，她向来低调，没吐露一句细节。

找了代驾把他们载回家。两人沉默一路，昏昏欲睡。她的确睡着了，头靠在他肩上，头发覆盖整张脸。这一丝温存，细细密密地将心捆扎起来，他却没有挣脱的欲望。

他是把原野抱回家的。进了家门，将她放在沙发上，竟不由自主俯身将她紧紧抱住，一阵蓄谋而又彷徨的热吻，彼此都不清醒。酒气熏人，其实并不享受。原野醒来，看着他，残妆之下无法掩饰的疲倦，令他有几分冷却。

但他们还是做了爱，陈臣觉得伤感而费力，过程如同把一块石头背上山顶，再与它一起坠落。他终于如愿以偿地探索到了她的世界中秘而不宣的部分，但不过如此。他躺在陌生的床上，原野因为沉睡而显得格外冷漠。

陈臣闭着眼，却一直没睡着。犹如漂浮在意识流的暗洋，仰面随波上上下下荡漾，一些面孔和往事如星辰闪烁。不久，天蒙蒙发亮，他困极了，困得头痛，但还是睡不着。

阳光渐渐刺眼，陈臣头痛欲裂地起身来，拉上卧室的窗帘。屋内陡然黑暗下来，原野还在沉睡。陈臣轻手轻脚去了卫生间，冲完一个澡，感觉好些了。走出浴室，赤脚，下身裹着浴巾，去厨房。菲佣休假没在，他亲自给她做了一份早餐。放在银盘里，端到卧室去，坐在她床前。

她微微睁开眼睛，看见早餐，心满意足地闭上眼睛，对他笑，把头放在他的腿上，像只猫一样地腻了一会儿。

原野看着他，第一句话竟是上司一般的口吻，说："昨晚我和你说的事，你好好考虑一下。"

8.

在演播厅里，灯光烤在身上发烫，像一床驼绒毯一样罩下来，令人胸闷。陈臣胃痛一整晚了，痛得不停地冒冷汗，简直快要站不住了。若不是两架摄像镜头扫来扫去，令他无法躲避，他真想就地坐下来，就坐一小会儿就好。

舞台却由不得他，主持人在唠叨，观众在按照导演的安排鼓掌。那天的录播非常不顺，一连录了三遍，才算完。陈臣脑中嗡嗡作响，几近一片空白，轮到他的时候，勉强弹完一曲《爱后余生》，完了站在台上面对观众，整个人脸青面黑，笑都笑不出来了。主持人在旁边说什么，他已无心听。

抬头迎上灯光，刺得他一下子睁不开眼睛。是怎么走到今天的，他还没回过神来。自参加这档选秀节目以来，生活翻天覆地，日夜颠倒。他并不热衷这条路，坚持下来，只是不想让原野失望，至少混出一点底气，在她心里多加几分——那时他还始终以为，他在原野那里是有打分表的。

录播结束之后，又是排练。他坐在场地边上休息了一下，没有任何一个人来过问，没有任何一个人，想喝一杯水，得自己去取。陈臣像一只坏了的音箱那样蹲在演练场的角落，看着眼前人影晃动。终于感觉受不了了，快十二点的时候，向编舞请了假，踉跄出门，打了个车，回到酒店。

关上房门的那一刻，陈臣整个人靠在门背后，坠入彻头彻尾的寂静与黑暗。

浮华喧嚷背后的真空，令人窒息。疲惫如山一般压顶而来。他的排练服未脱，倒在床上，摸出手机。

他趴在床上，盯着手机屏。亮度在黑暗中显得刺眼，他翻阅了所有未读短信，唯独没有原野。他带着一丝失落，眯着眼睛，打出四个字："我很想你。"光标停在那里，闪烁着。他微微犹豫，最终还是按了发送键。

陈臣趴在床上，连脱衣服的力气都没有了，就这么睡了过去。

翌日醒来，他还穿着演出服。一夜趴着睡，肋骨像断了一样痛。他第一反应是节目迟到了，"腾"地一下跳了起来，然后才想起，从今天开始有两天的休息时间。

他愣在原地站着，从手机上确认了一下今天的日子，才放下心来。

已经快中午了——托原野的福，他能一个人住一间房。胃已经不痛，只是饿，饿得肚子里冒酸水。陈臣睡眼惺忪地走进卫生间，刷牙，对着镜子里的自己——瘦得青面獠牙，眼圈乌黑。

刷牙的时候，他突然想起什么，咬着牙刷折返回屋里，查看手机上的短信。“加油，我也刚回家。”凌晨三点，原野回他的。

他突然真的很想见原野。当机立断地，没向任何人请假，关了手机，买了张机票飞回去。

等他扑到原野家的时候，家里没有人。菲佣让他进了屋，他安安静静坐在沙发上等待。

等到夜深，他几乎在沙发上睡了过去，浑身发冷。一切恍如一个轮回，像极了他第一次在二十八楼那个咖啡厅等她的时候。

不知过了多久，外面依稀传来跑车引擎熄火的声音，几串明亮的笑声、脚步声，分明是她。

陈臣赶紧坐起身来，一边整理身上的衣服，一边急切地走上前去迎她。一拉开门，他的笑容凝固了。

一位极其英俊的男子扶着她，言笑甚欢，正走进来。那人抬头发现陈臣，只是淡淡地看了他一眼，仿佛他不存在一样，毫无惊讶，连招呼都没有打，便扶着原野，径直从他身边走了过去。原野的头靠在他肩上，整张小脸始终都埋在那人的脖颈窝里。真不愧是原野，连她烂醉之时，都如此之优雅。

陈臣甚至怀疑，原野根本没有看到自己。

陈臣呆立在原地，眼睁睁看着那人将她扶上沙发，殷勤地单膝跪地，为她脱掉高跟鞋，按摩她的脚掌。菲佣沉默而勤快地为他们端上热水。原野和他模模糊糊地笑谈着什么，她是真的没有看到他。

也就是在那一刻，陈臣整个人才如梦初醒，想起初见她那夜，刮坏了车又淋得浑身湿透，她怎会有如此合身的男式衬衣、牛仔裤，即刻供他换上。

陈臣失魂落魄的，仿佛一个隐身人，默默地关上门，离开。没有人注意到他的来去。他一个人走入夜色，就像他第一次离开这个宅子时那样。

是夜，宁静而深邃，圆月高照，洒了一地的皎白清寂。那月光有一种漠视人世哀喜的意味——几千年了，人世几多更迭，天若有情天亦老。也只有这月光，千岁如一朝，不动声色地观望人间戏剧，不笑也无泪，未生一丝皱纹。

他颓然，顶着一头月光，一个人往夜色深处去。他感觉自己的天真使自己蒙了羞。

走着走着，陈臣这几年来，头一次想念故乡，想念起他遥远的少年时代，还有白杨。

第九章

1.

在雾江老家的美发店，我遇到白杨。

本来只是想剪头的，毫无准备突然碰到她，我尴尬万分，就只草草和她寒暄一下，想赶紧溜走。

但她却出人意料地坦然和热情，我被她抓着肩膀，推到后面的洗头房去，躺下来。她一边说话，一边耐心地给我洗了头，双手细腻地在我脑袋上挠着，手法老到，很是舒服。她托着我的头，让我坐起身来，给我擦干水滴；又牵着我的胳膊把我带到镜子前坐下，跟我说：“稍等一会儿啊，发型师马上就来。”

然后她欠着身子朝门外大喊：“老唐！快过来啊，客人来了！”她喊完，抱歉地朝我笑笑，说：“生意不太好，清闲得很，他老喜欢在隔壁打牌。”

一个声音应了她，很快，进来一个愣头小年轻，目光四处寻烟灰缸，然后跨步上前去把烟灭了。白杨冲他介绍我：“好好剪啊，这是我高中同学！”又对我笑笑，说：“我老公。”

我很意外，问她：“你结婚了？”

她睁大眼睛看着我：“啊，结啦。”

“这么年轻，你喊人家老唐？”

“咳，他喜欢装老。”白杨说道。

老唐很热情地给我围上了一大块齐脖子的白布，看上去滑稽而丑陋。他开始积极主动和我攀谈，问东问西。剃头器发出“嗡嗡”的声音，人说话声不太听得清，不得不一再停下来，重复话语，然后再继续。三个人牛头不对马嘴地说了一个多小时，到最后变成他们两人欢快地调情，又碍于我这个外人，而略有压抑和克制。我感觉自己像一个不合时宜的破坏气氛的来客，赶紧落荒而逃。

我顶着一个重刑犯似的平寸发型，从美发店出来。走得太匆忙，都没让他们清理一下扎人的碎发茬子，头脸脖颈痒得难受。

“都结婚了……”我寻思着。白杨的脸蛋还是很漂亮，但一身廉价的桃红短裙，外面披着一件袖口有点脏的白色针织衫，绷着微微发胖的身子，黑丝袜挂破了，毫不自知。她趿着一双人字拖，头发染黄，削成了时下流行的直发款式。

白杨终于沦落为最普通不过的小城女人。依稀当年姿态，如陈年发潮的墙漆，一块块剥落，生活的贫乏、琐碎、狭隘，终于将她碾碎了。我不忍用庸俗来形容她，好像那样做，对不起我们的青春。

2.

白杨当然没有考上大学。十七八岁的年纪，无所事事，闲了一段时间，在家里过得如坐针毡——每天三顿饭像是讨来的，家人见缝插针地数落她，内容刻薄而尖酸，不外乎怨她种种不勤奋、不上进、不懂事、不自爱……

她实在待不下去了，咬咬牙，负气出去闯荡过，唯一的筹码不过是大好青春，漂亮脸蛋。但她没有那么幸运，没能闯出一条路来。几年下来，在大城市和几个打工妹一起，租过一间又一间廉租房，做过一次又一次服务生，谈过一次又一次恋爱，经过一个又一个男人，不过如此。

二十岁出头，春节回家过年，结果没想到赴了一场鸿门宴，被家人锁在屋里不准出去，扣下了她的身份证、钱、BP机。家人逼她去技校学一门手艺，然后再嫁人。

白杨负隅顽抗，饿了三天，想了三天，哭了三天。最后不得不拉开门，灰着脸，说："爸，妈，别说了，我听你们的。"

后来的事就显得过于平铺直叙了。在美容美发学校，她认识了这个老唐，两人恋爱三个月，男方借了一点钱，开了这个美发店，闪婚，白杨做起了小老板娘。

在店里剪发的时候，我见她面对往事如此坦然，趁老唐去上厕所，就问："你和其他老同学还有联系吗？陈臣什么的？"

她的脸色突然灰了一下，只说："没什么了。他在当明星挣大钱，哪里记得我。"

青春意味着万事都没有"何必"两个字。十几岁，豆蔻年华，她什么都给了他；十年后她的新郎必然不是他。何必。

不，没有何必，没有何苦。许多事，就是必苦，而后甘。

抑或，也不甘。

3.

婚姻常常是漏洞百出的。

而一桩仓促草率的婚姻，本身就是一个漏洞。一旦落入，就等于坠向那个阴暗、潮湿、不见光的洞底。要爬出来，永远比坠入的时候费力得多。

二十岁出头的白杨，不堪忍受和父母同一屋檐下生活，带着一丝反抗命运的希望，背水一战似的，投身于婚姻。围绕着那个理发店，日子过得紧巴巴的，越发像一个馒头，刚出笼的香气热气散了，就开始变干，变黄，变硬……再无一丝滋味。

店面的房租是三年的都交出去了，还不谈装修，不谈买那些杂七杂八的设备、水电费……本儿都捞不回来。赚不到钱，请不起小工，他们只能自己看店。每天从早到晚，都得守在那儿。客人本来就很少，一个都不能错过，为此，白杨买了一个煤炉、一个炒锅，放在店面的门口。早上没客的时段，抽空儿去隔壁菜市场买把青菜，一份儿切好的肉丝，买回来洗都懒得洗，中午就在理发店门口炒了吃，用电饭锅煮饭。

碗也是她洗的，就在洗头房的池子里洗，搞得每次客人躺下洗头的时候都问，你们这池子怎么有股油腻味儿。洗洁精用完了，她叫老唐买，往往说了三四次，他还是记不住。后来她就懒得洗他的碗了，洗了这顿，下顿还不是又脏了。“反正他也不在乎。”她想着。

日子就这样，每天睡到九点，起来去开店。中午在店门口炒一把菜，给老唐拨出一份来，顺便冲隔壁喊一声：“滚回来吃饭！”

然后就趿着拖鞋，自己端着碗，一屁股坐在沙发上，对着高高挂起的电视机，开足声音，看一些无聊的肥皂剧。

老唐从牌局上回来，草草吞几口饭，就又没了影子。她将还装有吃剩饭菜的碗盘，不耐烦地往水池里一掼，就陷在沙发里，打个盹儿。

不止一次，她依稀醒来的时候，正好看见自己的面容映在对面墙上的镜子里，好像有另外一个自己和自己对坐，吓了她一跳。

定定神，仔细看，那是一张熟悉的还算年轻的脸。

她忍不住久久盯着自己，双手轻轻抚摸自己的脸，从脸颊往上摩挲，警惕地把眼角向上拉了拉，又捋了捋头发。

少年时她曾是每个男生的梦中情人，如今时光溜走了，也顺便带走了那些围绕她的热切目光，带走了胶原蛋白，只有逛街的爱好仍然遗存下来，作为少女时代的证明，填补空白的生活。她不需要人陪同，像偷情似的，喜欢一个人逛街。心又痒了的时候，就早早关了店，奔去雾江唯一一条商业街，在满街艳俗而吵闹的流行歌声中，挨家挨户地逛服装店。

通常不会买，只试穿。对着穿衣镜，左右慢慢扭动身体，反反复复，自我欣赏，享受店主们甜甜的嘴巴，殷勤而露骨的赞扬。

4.

那天老唐在隔壁打牌，她在理发店门口提着锅铲“噼里啪啦”炒菜，突然看到陈臣从门口经过，两人的目光相撞。

她像被什么人猛推了一把，吓得锅铲都掉了，慌忙之间，手脚都找不到地方放。她蹲下身捡锅铲，尽量延长时间，几乎想把整个身子藏在炉子后面，以此避开他……然而他还是走近前来了。

几年未见的面孔，梦一样近在眼前。

陈臣露出笑容，平平常常地，跟她打招呼。他看着她，又看看锅里的炒菜，相别这么久，竟然像昨天才见过面似的，问："今天炒什么菜吃哪？"

她应了一声："芥蓝。"做戏似的，佯装继续炒菜。

她不知道他下面一句话会是什么，脑中一片空白。曾想过千万种重逢的情景，但绝非现在。

而他只是装作特馋的样子，说："我也想天天吃你做的饭。"

白杨有些意外，转过头看着他。

"我就是专门回来……回来看看你。"他说，"有空儿吃个饭吧。"

短暂的寒暄，陈臣恰好在老唐回店的前一秒，适时走了，而她始终没有对他提起，自己已经结婚的消息。

他走之后，白杨心中不知怎么升起一股窝囊的情绪，稀里糊涂继续炒菜，在大太阳底下，感觉自己烦躁得像一把一点就燃的焦黄枯草。

老唐打牌输了，心情也不好。跨进门的时候，瞥了一眼锅里，冷冷地说："煳都煳了，还炒什么炒。"

她眼泪差点就要夺眶而出，狠狠把锅铲往锅里一掼，随着几声响亮的金属碰撞声，锅铲蹦了出来，掉在地上翻了几个滚。

"嫌煳是吧？你自己炒啊！"她火了。

"神经病啊，发什么火？"他莫名其妙地瞪着她。

“天天就知道打牌，也不在店里守着，吃现成饭你还不满意了你！”

老唐也发火了，说：“我在店里守着有什么用，人都没有，你又不去招呼！天知道你都招呼谁去了！”

她气得甩手给了他一耳光，连自己都意外。

他也意外。瞪大眼睛，跳起来大吼大叫：“我打牌怎么了？我又没赌钱！我就打打牌还不行吗？！像你这样不打牌光打人吗？！”

她突然像被抽掉了底气似的，捂着嘴，伤心地坐回屋里。“是，我没资格教训你，我自己能好到哪儿去，是吧？”她自言自语，声音含混地说。

他没听清她的话，也没兴趣追问，只懒懒地欠着身子，伸手把锅铲捡了起来，提着个锅铲的尖儿，又不知往哪儿放，于是左右看。

“这放哪儿呢？”老唐缓和了声音，低声问她。

5.

深夜。白杨早就睡了，被老唐回来的声音吵醒，不耐烦地翻了个身。

从前她还会问上几句：“你去哪儿了？你干吗了？”

从什么时候开始，她再不问了。心照不宣，未免都是好事。日子像一本老式台历，撕下一篇，又一篇，期待撕出不一样的惊喜，可是到头来，除了页面上的数字有微小变化之外，每个今天昨天都长得一模一样。

老唐睡下之后，她不知怎的，再也没法回到睡眠中去。黑暗和空虚像虫子一样爬满了全身，叫她无法安宁。还没有两分钟，老唐的呼吸声就变得均匀，听得出他睡得很香甜。而她却瞪着一双眼，就这样到天明，陪伴这一屋子黑暗的，只有她那颗心脏狂躁的跳动声。

接到陈臣电话的时候，是第二天中午。她听出是他，便即刻调整了声音，以一种连自己都为之惊讶的温柔，接受他的午饭邀请。

挂掉电话，第一反应是自己身上的衣服，太随意，太邋遢。

她四下搜寻钥匙和小包，扑过去一把抓起来，朝隔壁的老唐喊了一声："我出去了啊，有事儿！"便急匆匆地赶回了家。

回家，翻箱倒柜，急得汗水细细密密地一颗颗从毛孔中钻出来凑热闹。她一连对着镜子试了好几套裙装，越试越不满意，最后还是选了第一套方案，重新穿上。又匆匆坐在镜子前，翻出口红来，涂上。

反复在镜子前确认装扮，感觉比较满意，总算松了一口气。正要出门，突然想起什么，赶紧转身折回卧室，一股脑地，把散乱地扔在地上的那几套试过的衣服，一把抱起来，胡乱地塞进衣柜，压了压，然后匆匆关上。确认柜门没有涨得弹开，老唐不会发现什么痕迹，她才放心地离开了。

打了一辆车，赶去餐厅。这是一年中第几次打车，她都数得出来。来不及心疼车费，便匆匆找去餐厅。他等候多时了。

"对不起啊，家里有点事儿，耽误了。"她说。

陈臣很宽容地笑了笑，以眼神请她落座。几年过去，他举手投足之间有了明显不一样的气质，时间显然在他身上留下了足迹，尽管他身上的故事她暂且还一无所知。

陈臣温柔地说："下次再吃你做的饭。今天你要休息一下，来，看看菜单，想吃什么？"他的口吻中有一种哄孩子般的殷勤与宠爱，令她感觉陌生，又有一丝惊喜，仿佛刚才没有白白折腾一番。

6.

窗外是雾江的夏天，蝉声此起彼伏，树上的绿叶茂盛而拥挤，热得奄奄一息。餐厅里冷气十足，她的汗水一瞬间就干了，感到有一丝冷。

在点完菜的沉默间隙，她突然暗暗在心里懊悔："百密一疏，忘了喷香水。"

陈臣当然没有察觉她的懊悔。他用格外温柔的声音，问她："最近过得好吗？"

说话时他没有直视她，以这样一种刻意的漫不经心，暗示她勇敢而诚实地回答。

"唉，就那样呗。"她明显还未进入状态，敷衍道。

"我挺挂念你的。"他认认真真地说，"经常都想起你。"他的表情太认真，以至于使她有一瞬间的慌乱。

为了掩饰不安，她端起水杯，喝了一口，想说，我结婚了，但是这话一直说不出口，连她自己也不明白为什么。

"我在电视上看到你了。你现在是明星了啊，小心别人追过来找你签名。"白杨说。

陈臣低头苦笑，说："算了吧，我只是去当炮灰而已。要真是明星，我能安然坐在这儿吗？"

那顿饭甜蜜，伤感。仿佛一场梦，从苍白的生活之牢中越狱而出，胆战心惊地，抓紧每一分钟呼吸自由空气。仅仅一个中午的时间，什么都回来了。

那些少年时的片段，他的体温，她的眼泪，那些如今已不怎么回想得起来的刻骨铭心……她只知道自己的确刻骨铭心了，否则不会如此慌乱地换衣服，如此毫不犹豫地打车……钟声在何处响起，将她带回了从前——从前，一切都还未开始的时候。

陈臣显然很会活跃气氛，讲了很多趣事。有些桥段，她因为走神并没有听清，也不太感兴趣，却甘愿为了附和当下气氛而频频露出笑容。她知道他见过很多世面了，自己却依然留在雾江，这种鲜明对比使她无故自惭形秽。

她的确走神了，直到他突然深情地说起："你还是和以前一样漂亮。"

陈臣说完，伸出右手，轻轻地，撩起她耳鬓垂下的一缕细发，拨到她耳后去别好。那一瞬间的柔情似水，如这纷纷流年，刻印在心——令她那一整天，直到深夜，直到后来很长一段时间，仍难以忘怀。

7.

就在此后的短短一个星期里，她的心彻底地乱了——在重温了他的肌肤、体温、湿吻之后，她感觉情欲如温热的潮水，将她托住，忽坠忽升；拥抱着的身体是熟悉的，却又有时间赋予的陌生，因此富有新奇；赤裸的身体被汗水粘结在一起，融为一体。她闭着眼睛低语："这些年你都去哪儿了……"

陈臣没有回答她。他默不作声在她身上专注地探索，叫她快乐得紧闭双眼，身心融化至一片混沌。是何处而来的清晰的钟表走时声，宾馆墙上的那只钟吗？令她无比伤感地回忆起——

多年前，他走的那天，家里人把她禁锢起来，反锁在家。她早就被家里人骂得里外不是人了。寂静的下午，一个人窝在家里的床上，只有墙上那只钟在那儿“啪啪啪”地走着，每一秒都敲在她心上。她忘不了那个声音，像是全班同学……全校同学……还有老师……全厂子的人，每个人操着正步，“啪啪啪”一排一排地从她身上踩了过去。每个人都瞧不起她，连踩过去了都没看见她。

她从来没有这样难过，觉得再也见不到他了，彻底见不到了，还没来得及说分手呢。分手都没说……他就走了。她越想越痛，躺在床上，哭得天昏地暗。怎么这么怕钟声呢……好像第一次跟他做，也有这样的钟声……在他们家那个老屋里，在他父母房间的床上，那个大蚊帐，像个篷子似的，灰蒙蒙的，一整年都没有换洗过。她除了疼，什么感觉也没有。完事之后，他困了，睡着了。大下午的，外面亮堂极了，她躺着睡不着，就轻轻提起他的胳膊，将自己放进他怀中，由着他揽住自己，专心听他的呼吸声，看着他沉睡的脸。

然后就这样清晰地听到他们家卧室墙上那只钟，也是这么“啪啪啪”的，太响了，一下一下敲在她心上。她就在心里跟自己说：“我一辈子都忘不了这个人了。”

最后一次听到这样的钟声——应该是在冬天吧——本来是个寂静的下午，突然卧室门被推开，那一瞬间她心跳都停了，两个人都吓得面如土色。只见陈臣的父亲冲了进来……如怪兽暴跳如雷，掀开了被子，把陈臣从床上拖了下来。她在那段心跳几乎暂停的空白中，感觉叫骂与哀号声如巨石般，快要压碎她的头颅。

白杨本能地在这里掐停了回忆，不愿再想起之后的情节。命运多难揣测，如今她又在这样的钟声中，重温这具躯体、这气息……

她没有想到自己会如此快乐而哀伤，感觉自己站在断桥上，回不去了——无论是彼岸的十七岁，还是此岸的婚姻。因此她茫然四顾，孤立无援地面对周围汹涌的浪潮。

8.

一个星期之后陈臣离开，她又回到了每天守店、在门口炒菜的日子。不同的是，天天握着手机，一有空当就激烈地给他发短信，陈臣回复得慢一点，她都坐立不安。

老唐想吃凉拌西红柿，一大早自己去菜市场买了一大袋，还体贴地买了一把削西红柿的刀回来。他一脸讨好地对她说："专门给你买了一把刀呢，很好削的。中午吃凉拌西红柿吧。"老唐还蒙在鼓里，察觉到了白杨的疏远，尚有挽救之心。

她看了看那把刀，随口就说："放那儿吧。"

到了中午，准备做一份凉拌西红柿的时候，她习惯性地烧了一壶水，看到烧水壶旁边那把削皮刀静静地躺在那儿，她才突然愣住了，就这么想起——

中学时学校里组织劳动比赛，她和陈臣被分在一个小组。为了练习一道菜，白杨来到陈臣家。她不想为难他，就说："我们就做一份凉拌西红柿吧。"

他便利利落落地烧了一壶开水。

她问他："为什么烧水？"

他带着得意的表情，说："用开水烫过之后，西红柿就很好去皮了，一撕就掉。"

她意外发现他竟然懂得生活窍门儿，不由得对这个好看的少年刮目相看。

烫过之后果然很好去皮，她从此也学会了这个诀窍——用开水烫西红柿。当然，多年过去，在他离开后，她每一次用这个法子给西红柿去皮，都像开水烫在心上。

如今白杨已经步入婚姻，身边已是别人，送来了一把贴心的削西红柿的刀，但她竟然还是如此本能地，习惯性地，烧了一壶水。

有些旧人旧事，就这么盘桓在心里，连自己都没有意识到，它已经生了根。

那个中午，她对着那壶开水以及水壶旁边放着的那把削皮刀，愣了好久，好久，差一点就掉下泪来。

慢慢回过神来，她才擦了一下眼角，提起开水壶，烫了之后去皮，做好一份凉拌西红柿。

那天的午饭，他俩坐在美发店的沙发上，面前一张四角凳子上摆着两碗菜。老唐一边端着碗刨饭，一边对着吵吵嚷嚷的肥皂剧傻乐。他吃得咋咋呼呼，竟毫无察觉，她连一筷子都没动。

几乎是一念之间，她没有经脑子，就对他说："老唐，我们离婚吧。"

第十章

1.

那年春节的同学会，多亏了弹簧前后张罗，是大家到得最全的一次。

本以为是一次完满团聚，然而短短几年间，岁月将我们每个人篡改得面目全非，重聚同一屋檐下，再也无法享有任何一个共同话题。

陈臣是最后一个到的。他一来，我只听到众人“哇”的一声，顺着大家的目光看去，见到他，几乎认不出来。

显然是决意要艳惊四座，所以费了心思刻意修饰，看上去俊朗非凡，举手投足之间一副明星派头。我是知道的，他参加了卫视频道的选秀节目，还进入十强，也止步十强，现在大约是个小歌手。

也许是人又变瘦的原因，陈臣个子显得更高了。穿一身竖领黑色呢料大衣，灰色围巾，江诗丹顿手表。他一进来，众人的关注焦点轻而易举就被席卷过去，纷纷要和陈臣合影拍照，说：“以后你大红大紫了，就把这照片拿出去卖钱。”陈臣哭笑不得，把这话敷衍过去，满面春风地和我们打招呼，举止之间一股老气，优雅之中又有毫不掩饰的傲慢。喧哗之间，李平义淡淡抬起头来，看了陈臣一眼，没有理会，低下头自顾自看手机，分明还是仇人的样子。其实我不怨平义，当年陈父的榔头敲下去，那可是差点丢了命，或者终生致残的事。平义还能安然接受两人相见，足见其宽容。

大家坐下来开吃。好好一个饭局，不断地冷场，几乎所有人，一直都在低头玩手机、发短信，或不断出去打电话。

弹簧辛辛苦苦张罗一番，显然很失望。他不尽兴，结束之后，大声提议再去KTV。

一瞬间的沉默，却是白杨大叫一声："我要去！"活跃了一丝气氛。

弹簧高兴得呵呵直乐，盯着白杨笑；而白杨看了一眼陈臣，他还在低头发短信。

有男生故意坏坏地说："怎么着，白杨，没人查岗啦？才刚刚恢复自由身，就又撒欢儿啦？走呗！"

白杨佯装愠怒，撒着娇，尖声尖气地说："就你最坏！"

也就是在这时，我才知道，白杨真的离婚了。

众人正在各作打算，走的走，散的散。邱天不舒服，说要回家。

我刚要开口说送她，平义却抢先一步，说："那我送她吧。"

邱天看了一眼我，又看了看他，说："不用，我自己回去就好。你们玩。"

"走吧。"平义已经跨步上前，开始拦车。

她上车之前，先收起拐杖，扶着车门，慢慢蜷缩进去，花费很多时间。司机原本不耐烦，回过头来看了一眼，倒也没说什么了。

他们在众人复杂的眼神中，离群而去。

2.

烟花如雨的夜晚，邱天与平义坐在出租车里，断断续续地说话。

“你知道邱叶回来的事儿了吧？”她说。

“知道。”

“……我到现在都还难以相信她真的回来了。你说一个人的命，怎么会这么……让人说什么好。她这样一回来，我是真的没法回家了……我在国外一个人再难、再累，那至少是我一个人的事。可在家里，我没法面对邱叶，那已经不是我一个人的事了。”

“你一个人在德国，要多照顾自己……”平义不知如何安慰，笨拙地说出这句话。

邱天听了，凄凄一笑。她独自转过头对着车窗外，烟花映得她一脸绚丽。多年的独立，她努力像正常人一样，过正常的生活——但总有种种细节，提醒她和正常人不一样。从在公共场合与人相处，到恋爱求职，无一不遭到冷遇。

她说：“你放心吧，平义。小时候，心理素质还很不好，受人忽视和冷漠对待，很受伤；被人过分刻意地热情关照，也觉得很受伤。这都表明我和别人不一样，没法拥有正常的生活。现在长大了，心也就钝了。在发达地区生活，没有人多看你一眼。有残障设施对我来说就够了，不受到冷落，也不会被刻意过度关心。我终于能觉得，我就是个普通人。国内很少看到残疾人出现在公共场合，更不要说单独出现在公共场合。但在国外，这并不罕见，而且残疾人往往可以很方便地单独活动。刚去的时候，我以为国外的残疾人比国内更多，后来才发觉，不过是他们更容易自由出行而已。

“至少，在国外我可以不用每天带着那张上厕所用的凳子，到处都可以用马桶。说起来可能很好笑——我不回来，也许就是因为厕所。”

她回过头来，朝平义一笑。

那一笑嫣然如花，竟使他心底为之一动。他说：“邱天，你好好儿的。以后只要有时间，每年我都去看你。”

她未来得及回答，车已开到家了。他们下了车，站在路边，平义点点头表示再见。对着一扇油漆斑驳的旧门，突然像回到了少年时代，那些翠绿的日子，干干净净的天空。老房子，老样子。

一瞬间的对视与沉默，他突然心慌意乱，又费力掩饰，只说：“到了。”

她对他点点头，突然非常抱歉地说：“一路都在说我，都没有问问你。你还好吗？工作顺利不？”

平义浅浅笑了一下，说：“在做交易员。一切都好。”

她也不知道说什么了，点了头：“再见。保重。”

她转过身，架着拐杖，慢慢走向家门。

平义突然叫住她：“邱天。”

她回过头，撞见他的目光。一道烟花映在他双眸中，个中有万般牵挂，欲言又止。

“你保重。”平义郑重道。

3.

邱天和平义走了之后，我和弹簧他们去了KTV。在前台收银处，陈臣低头开始掏钱，弹簧却拦住了他，往前台扔出一张卡，把众人赶羊似的赶上了楼。

进入包间，黑暗，俗丽，气氛渐渐有了。白杨跳上去点歌，我们几个坐下。许多人在叫："大明星，赶紧给我们唱几首歌。"陈臣苦着脸说："放过我吧，我要真是大明星，我能坐在这儿陪你们这帮坏蛋吗？"

陈臣曾因为其英俊的面孔而红过一阵，后来止步十强，故事再往下也就稀稀拉拉了。像所有曾一度被公众目光聚焦却很快再无声息的小歌手，他们必须面对一个残酷现实：大众是极其健忘的。

他走的路，我们都没想过，个中周折显然不少，但他似乎心态很好。老同学在包厢坐下来，东一句西一句地问他娱乐圈之事，他频频皱眉，不知如何作答。最后他说："你们别问了……这么说吧……没有那个金刚钻，就别揽瓷器活儿。我本来就不想走那条路。那条路……太累了，不是一般人能走的。你看着光鲜吧，其实背后的代价，你想都想象不到，更别说去承担了。任何事都有代价，你羡慕的，只是你看到的那部分而已。"

一句话扔出来，叫人不知如何接，气氛被淬了火，众人沉默了一瞬。

为了掉转话题，他们又咋咋呼呼叫了许多酒，我倒了一杯，敬弹簧。

"辛苦你了，都是你在张罗。"

“咳，客气啥啊。”弹簧一饮而尽。

4.

十五岁刚出去闯的弹簧，里里外外都是嫩青嫩青的。幸运的是，他还没来得及彻底失足，就遇到个师傅，还算没走上歪路。

师傅是四川人，农民。老家的地被淹了，媳妇怀着孕就死了，他没活路，跑出去跟人一起做生意。刚起步的时候，买通林业局的关系，从深山里拉木材，卖到东部，硬是生生地砍没了几座山，赚了不少。环保盯严了之后，他们就赶紧撤。正在寻思机会，听说成都的红庙子炒股票，遍地都是钱，就跑去倒腾股票。

一九九二年的成都红庙子，是当代中国金融历史上一个不得不提的印记。短短二百米的街道，挤得水泄不通，自行车都没法推进去。年轻学生们穿插其中，兜售从同学那里收购来的身份证，以供他人买股票登记之需。人群中，除了这些“串串儿”，其他就是炒股的人了。穿插在人群中叫卖权证的散户，嗓子吼得哑哑的。中户们在固定的摊位桌子上堆着一捆捆钞票，以示诚意招揽买卖。更有“大户”，租下道路两边的房子，居高临下掌握行情。运气好的时候，散户从街头走到街尾，手里的股票价钱就能翻一倍。

他们第一次来到红庙子，吓得目瞪口呆：从来没见过钞票用麻袋装的。

时代的班车从不定时，赶上了，就是赶上了。最早混入红庙子的那些人，三教九流都有，压根儿连股票是什么都不知道，也能赚钱。这条街成了万元户的温床，一条街都是这样红了眼的人，大部分都没什么文化，也不懂什么是股票，就只知道这个巴掌大的纸片儿，能换钱。

后来红庙子挪了地方，改到北体育馆去，成都话“北”和“白”一个音，人们就把那儿叫作“白庙子”，后来又挪到“青庙子”……那时候，再混这样的地方，就已经不赚钱了。股票市场开始迈向正轨，交易和监管制度建立。红庙子就此正式退出历史舞台，尘封为一段疯狂的传奇。

弹簧的师傅抱着这股市中赚来的第一桶金，回老家办厂，做砖，做水泥，做钢材。几年过去，他已经成了“农民企业家”。等弹簧遇到他的时候，他正在招聘“收债人”。

欠债的人都没跑，就一句话——周转不过来，要钱没有，要命一条。

弹簧实在听够了，再不拿现金回去复命，师傅就该宰了他了。

于是，他在那个欠债人面前，阴着脸，缓缓地从地上捡了一块砖。那人吓得直哆嗦，正要跑，弹簧揪着他的领子把他提了起来，然后把砖狠狠地，往自己的脑门儿上拍了下去。

弹簧的眼睛都被血糊上了，也没眨，就跟那人说：“我对我自己都能下得了这个狠手，我能把你怎么样，你自己想吧。”

第二天，那人就乖乖把钱送上门来了，还想挖弹簧过去跟他干。

“从那之后，我师傅很器重我，带我做事，帮我垫本钱。他可真当我是他儿子啊，我亲爸都没对我这么好。可惜师傅太短命了。”

KTV包厢里，弹簧端着酒杯，对我说到这儿，打住了。

5.

身边是旧日同学，个个样子都变了，聊天的聊天，喝酒的喝酒，唱歌的唱歌。夜阑深静，两瓶洋酒只剩空瓶，我们都醉了。

没人再唱歌。不知是谁放了一首谢霆锋的《爱后余生》，十足煽情，画面是电影《半支烟》，谢霆锋在里面演一个小混混，面庞嫩得发青，一帧俊俏的特写，泪光全是星星。

……

假使当初可以为了你　忘了爱所有人

分开手去追寻　足可拥抱千万人

即使天空海阔没有爱　还有你这个人

烧光一个森林　将灰烬里的热能

当作一点陪衬

……

陈臣静静地坐在沙发上，抽烟，目光直直地盯着屏幕，屏幕的荧光忽明忽暗地投射在他脸上。这支曲如此熟悉，最后一场录播，他也是弹的这支曲，其情其景叫他想起原野来。

曾几何时，他如此天真地以为，自己在她那里总还是有一点什么东西不一样的。可直到他突然消失，狼狈缺席退赛，再没参加节目，原野都没有找过他，完全没有。

一曲终了，陈臣坐在沙发上，黯然地，掐断了烟头，转过身去，靠近白杨。

白杨安然承接他突如其来的拥抱和几近鲁莽的热吻，如同是早就盼望已久。两人在角落里紧紧地抱在一起。

KTV真是个好东西，处心积虑的黑暗，怂恿人摘下面具，绝佳宣泄之地。他们在黑暗中忘情接吻，而弹簧在一旁呆呆坐着，只能被迫面对电视屏幕。

我从未见过一个这么粗糙的人，能流下这么细腻的眼泪。

泪只几滴，他以为没有人看到，就擦了，继续盯着屏幕。

没多久泪又来了。他一个人拼命皱了皱眉头，双眼眨了又眨，泪似乎被吞了回去。又过了一阵，他实在忍不住了，最后双手捂住脸，肘支在膝盖上，前屈的身体，哭得猛力抖了几下。

也仅仅是几下，就没了。

第十一章

1.

平义不喝酒，不抽烟，没有什么交际生活。除了看书，也没什么其他嗜好。我从未见过一个年轻人这样老气，往好里说是举止沉稳，坚如磐石。

聪明绝顶，却不吹嘘卖弄的男人是有魅力的。他自幼便是一副智福之相，如今更显得大智若愚。李平义遵守着一个专业操盘手所必须具备的职业纪律，保持着极为规律和清净的生活，情绪平静，心理抗压能力强大。

他每天清晨早起，跑步，早餐固定两只鸡蛋，一杯牛奶。期市开盘之前，喝一杯茶。

一旦进入工作，他便聚精会神，有着极为专业的镇定和理智。

平义的卧室枕头边永远放着一本《股票作手回忆录》。

那是投机家杰西·利弗莫尔的自传。平义熟读这本自传的各个版本，对这个伟人一生的轨迹烂熟于心——身为二十世纪二十年代纽约华尔街最传奇的投机家，他的一生跌宕而疯狂，伟大而失败。杰西·利弗莫尔十四岁就开始在波士顿的对赌行里充当记录工，负责把股价的浮动记录在黑板上。他天生对数字有极为罕见的敏感性，还在对赌行当小工的时候，就善于将股价熟记于心，抄录在自己的笔记本上，并从中摸索出规律。二十二岁，他怀揣几千美元独自一人闯荡华尔街。没人知道为什么他会在联盟太平洋铁路公司涨势正狂的时候选择做空它，而且连续几次建仓，看上去简直疯了。更没人知道为什么上帝如此偏爱他，让两天后的旧金山大地震，直接导致联太铁路大跳水，他赢得第一桶金。后来经过第一次世界大战，他再次通过逆市操作赚得盆满钵满。一九二九年，他像神一样预测到了大萧条，在纽约股市崩盘中，做空盈利超过一亿美元。

他最富裕的时候，曾极尽奢侈放荡，一举一动都让华尔街注目。当然，幸运没有一直眷顾他，一如不曾一直眷顾任何人。他后来摔过几次狠狠的跟头，在漫长的下坡路上，有过几次小小的反败为胜，但终究难以东山再起。

到最后，这位大师陷入精神疯狂、酗酒，用手枪自杀而亡。死时，负债一百多万美元，而据说，当时他身上的财产只有诡异的18.4美元。

他在遗书中写道："我的一生是个失败。"

尽管如此，杰西·利弗莫尔创造了投机界最为经典的技术分析基本思路，其操盘理念经久不衰——

实际上，他最后的失败，恰好是败在了他没能严格遵循自己制定的投机纪律——情绪起伏，缺乏理性，判断失误，不肯止损。

我知道生活经历的不同将会迅疾地拉开老朋友之间的距离，没有例外。但有时候，没想过有这么快。

毕业后平义头一次见我，匆匆忙忙。他刚刚入行，要学的东西太多，没什么空闲。曾几何时，国内二十世纪九十年代末的期货市场还很混乱，纯粹资金市，进去的人，做一个，亏一个，没有什么人能全身而退。到平义入行的时候已是二○○二年之后，国家正式大力发展期市，渐渐有了些眉目。一路亏过来的前辈，有了经验积累。摸着石头过河的，有的已经到了彼岸。

他在大学时读计算机专业，班里大小状元，可以组一支足球队，还有替补。原本他打算一直读到博士，出来之后做教师，但命运打了一个响指，他极其偶然地参加了一个金融讲座，就此改变了一生。

是替一个外校的朋友去的。快期末了，学术讲座卡上盖的章还不够，很着急。平义替他去听，补一个凑数。

主讲人很年轻，不是什么有分量的人物，但说话简洁，快速。他说："做金融，并非智商高就注定你会赢。当然，一定的智商是基础，但只有智商而没有情商的，即使成了投资界明星，也不会成为寿星。你可以在某一年做到收益率四十倍，一百倍，成为神话，但那样的人做不到永远四十倍，永远一百倍。相反，善于管理你的情绪，理性地做事，坚定地做事，那才是一个稳定的赢家。"

讲座时间有限，主讲人并没有深入什么实际操作方面的技巧，但平义听得眼睛都亮了——那是一个如此惊险、刺激的世界，翻手为云，覆手为雨。

听完讲座，别人都打哈欠作鸟兽散，他却在课下认认真真把讲座者列出的著作，一本本看完了。《股票作手回忆录》是他读的第一本书。

毕业时，全班一半人出国，一半人读研，只有他和极个别人选择工作。带他的导师对他的选择大跌眼镜，一番惋惜，又不知怎么劝说，就只是重重地问："你想好了吗？"

平义说："我想好了。"

平义捧着顶尖高校毕业的简历去投行应聘，直接被拒，主管冷冷地说："我们不要新手，我们也不培训。"

他顶着一盆冷水，失魂落魄地走回租住的筒子楼。

过道里摆着乌黑而油腻的煤油炉子，锅就搁在地上，里面是几个没洗的碗。外面下雨了，内裤胸罩被收进走廊晾着，滴着水。一股熟悉的混杂着锅盆碗盏隔夜饭菜的味道，弥漫整个楼道。他站在走廊的尽头，看着黑漆漆的笔直的过道，想：我不要人生就这样，像这条走廊，一眼望到尽头。

他进屋，坐下来的第一件事，就是给那个讲座的主讲人写了一封电子邮件。

三天之后，那个人回复，说："你可以来看看，晚上六点吧。不要早来，我工作时间不见客。"

去到他工作室，一排旧显示器。房间很安静，接近简陋。那人坐一把木头椅子，递给平义一把皮的大转椅。

那个人说："转椅坐着，身子不定，心是飘的。"

平义说："付老师好，谢谢您见我。"

那人说："别叫老师，你就叫我付斌吧。"又直接问，"你想入行是吧？说说你的经历吧——对了，有女朋友没？”

平义愣了一下，说：“没有。”

“真没有？”

“嗯，真没有。”

“很好。”

付斌环视了一下房间，站起来，很大方地说：“走吧，出去吃晚饭。”

小饭馆，人声鼎沸，烟火热闹。他们点了几个家常菜，厨师忙不过来，上菜很慢。两个人被晾了半天，付斌故意看着他，抱怨说：“这菜上得也太慢了。”

平义低着头，说：“嗯，就是好慢。人多的缘故吧，咱们等等吧。”

付斌乐了，说：“不错，你这个性是个好苗子，有理性，有耐性。你要站起来催他们，我就不要你入行了。”

付斌喝了一口茶，说：“太多聪明人做这行了。聪明人有一个缺点，那就是不太愿意服从规则。但做这行，是要讲规则的。我们团队是做程式化交易的，纯技术派。不做主观交易，不看基本面。这一点，我们得事先说好。如果你觉得枯燥，限制了你的发挥，那你一定不要来，来了我也会请你走。

“以前，我一个老朋友，我们一起入行的。他个性很强，大胆，一直做得不错。先是在深圳做，后来就去了香港。他去了我就担心，毕竟国内有涨跌停限制，会自动平仓。他去了那边，虽然市场更健全，但依他的个性，凶多吉少。果不其然，他挣得多了，就管不好自己，背着老婆不干净，老婆闹离婚。那段时间，行情也震荡，他情绪很乱，业绩开始走下坡路。他太急了，想一锤子买卖扳回来，就赌了一把恒指期货，做多，结果押反了，恒指大跌。他简直中邪了，坚决不肯认错止损，Margin Call[①]来一次加一次，完全是赌徒心态，最后输到底儿都没了。

“一天下午，他从三十七楼的办公室跳了下去。

“我其实不想一见新人就说这个事的，但又不得不说。他是我十几年的老朋友了，就这么没了。

“所以你要想好，跟着我，是不允许有满仓、重仓隔夜这种事的，尤其是新手。

“我们不是赌徒。我团队里的人，都是从股市入手，慢慢学着来，才进期市的。我是看你苗子特别好，所以让你一上手就做期市。期市是杠杆游戏，输不起。你要从日内短线练起，慢慢来。”

平义认认真真点头。

那天他们说到八点四十五，付斌看表，说：“好了，不早了，我九点之前必须回家。你也回去。以后必须生活规律，清净。头几年，你先好好做事，别忙着谈恋爱什么的，费神费心。工作时间女朋友一个电话就把你阵脚搞乱，不搞乱也让你受打扰。等你挣够了，慢慢去恋爱吧。听我的，不害你。”

2.

我和平义的几次约见，都在同一家餐厅。他变胖了些，生活的

① Margin Call：补充保证金通知。

稳定与富足，使他看上去更加沉着，踏实。自从毕业后跟着付斌，他一做就做了七年多，业绩优秀、稳定。

聊起生活，平义笑笑，说："我们做交易员，其实没什么好得意的，日子过得很清淡，替别人挣钱而已。"他很谦虚地笑，在饭桌上，从不愿谈起专业话题，只是爱和我叙叙旧。

他比以前爱笑了，锋芒都收了起来。他说："高中时候，老师总劝我答题多写一点步骤，否则一错就一分都不得，多写一点总能多得些分。那时候我还小，心里有傲气，不听。现在才知道，那是对的。我现在的职业也是这样。人啊，不知道什么时候，就变成稳妥型的了，想犯错的胆量都没了。"

平义一个人在什么都昂贵的城市里，有了自己的房子、车子。他开一辆灰色的路虎，每天按时工作，按时结束。刚开始的时候，手里的头寸大一点，夜里都会紧张得睡不着觉。到后来，已经心如止水，收放自如。空闲的时候自己做饭、洗衣；一个人坐在沙发上看看球赛；夜里躺上床，看几页书就睡。

我问他："你对象呢？"

他突然很腼腆，说："还没呢。"

我说："你不寂寞吗？"

"恋爱就不寂寞了吗？"他很认真地问我，没有反问的意思，却问得我接不上话来。

在市场上，他总是能敏锐地捕捉到信号，像一切高手那样，建仓是因为知道这次能赚钱才去建仓。平义天资极高，做到第三年的时候，已经很顺了。国内期市的手续费很贵，程式化的日内短线交易固然稳妥，但没有更大的盈利空间。平义开始做中长线，收益大幅增加。

第三年开始，付斌要求他每年定期出去休息。付斌说：“自己整理好手里的单子，该平的平掉，该了结的了结，然后什么都不要想，去空旷的没有人的地方，去看看山，看看海。”

他一开始不理解，但很听话地，处理完手里的单子，开着车就出去了。一走三个月，手机每天白天关机，夜里打开看一次短信，什么都不关注，什么都不想。

那一天，他独自开到川滇交界的无人野外，天渐渐黑了，放眼望去一盏灯火都看不到，一户人烟都没有。无懈可击的寂静与广袤，像世界尽头。

他突然觉得心里一震，有种说不出的敬畏感，慢慢靠边停下车来，鼓起勇气，徒步走进荒野。

黑漆漆的大地，什么声音都没有。空气凛冽、清透、寒冷，每一丝呼吸都显得格外清晰。天苍地茫，因为过于空旷，风没有声音，只猛烈地刮着他的头脸。头顶上，星星那么多、那么密，近得简直不可思议，好像伸手就摘得下来。

这天地森然，无声无形，却俨然向每一个来访者都宣告了它的亘古。他站在一片漆黑之中，感觉自己渺小得和这荒原上一只蚂蚁，或一棵随风摇动的野草，没有任何区别。

那个瞬间，他突然明白了为什么付斌要他去看看空旷的地方。

他想着，眼前这么空旷森严的大地，也不过是宇宙中的一粒尘埃，就像抬头所见的尘埃一样的繁星。一个星球尚如一粒尘埃，何况区区一个人？一生几度荣辱，几场悲欢，那简直是尘埃中的尘埃。

生活，工作，文凭，车子，房子，交易，K线图，牛熊市，新欢，旧爱，欢愉，失落，盈，亏……这一切放到更大的视野中去看，不过云烟，何足挂齿。

他深深地呼吸了几口冰凉的空气，久久站立，直到被风吹得手脚冰凉。他终于如释重负，感觉心有山海，静而无边。

就是在那个荒野中的夜晚，平义想起少年时的雾江，想起陈父朝他砸下去的那个瞬间。

得失之心，一念之间的事，又不过是围绕一些比尘埃还渺小的东西。一个人作为一粒尘埃的俘虏，其实是很可怜的。

在那一刻，他才终于彻底原谅了陈父，也原谅了陈臣。

3.

旅行之后，平义回去，稍作整顿，再次投入工作。他比以前更加沉稳。因为业绩不凡，许多投行纷纷挖墙脚，高薪请他走，但他不为所动。

他一直管付斌叫师傅。不管团队里的人如何来来去去，他始终踏踏实实，忠心耿耿。付斌拍着他的肩膀，说："平义，我没看走眼。你是块好料子。"

"没看走眼的感觉真不错。"付斌低头喝一口咖啡，补了一句。

工作的第三年，付斌给他介绍了一个女朋友，Nina。付斌安排他俩见面，说："平义，我以前叫你不要处对象，只不过是怕你分了心。现在看来我想多了，生活还是要过的，你再不处对象，大家都该觉得你不正常了。"

平义红着脸干笑，摇摇头。

Nina是留学英国回来的，父亲是付斌的老客户。人不漂亮，也不难看，一白遮百丑，她只要略精心打扮一番，也就无懈可击了。毕竟是家世优越的孩子，个性活泼，话也比较多，生活的主要内容是喝咖啡，做美容保养，练瑜伽，参加聚会，找一个结婚对象。

她开一辆宝蓝色Z4。两个人约会，相约一个地点碰头；约会仪式结束之后，再各开自己车回家。

他们相识，无外乎吃饭，打高尔夫，短途郊游。第一次约会，在高球球场，她父亲也来了。平义球技并不好，也不喜爱这项运动。她父亲看得出来，所以也不为难他，只是开着高尔夫球车，偶尔下来和平义在草地上走走，权当散步，聊天。从一些男人的宏大话题聊起——历史、政局、金融市场现状等，圈子绕得差不多了，彼此心里都对对方有了底，然后就直奔主题。

Nina父亲开门见山说话："平义，我们也聊了一上午了，你知道别人要约我打一场球有多难吗？我肯花时间和你沟通，是因为这件事事关我女儿的终身幸福，我不得不花心思。"

他意图鲜明，皱着眉头往远处看去，继续说："我不看重你的钱，我也知道你不看重我的。我只是想找个好人，托付女儿。但现在好人太少啊……"他叹着气，顿了顿，接着说，"付斌告诉我，你非常稳健，为人地道，年纪轻轻事业有为。通过聊天，我也很欣赏你，很看好你。出身没有什么，我出生的时候，家里父母都不识字，一家五口人，冬天只有两条棉裤，谁出门谁穿。但你看我现在呢？人生啊，机遇很多的，关键在于把握。希望你们相互珍惜，共同走好一生路。”

平义点头，一言不发，皱着眉头望着远处正在开球的Nina，心情复杂。

一个人话稍微多一点，就更显得另一个人沉默。约会之中，Nina主动问问题，找话题，平义老老实实回答，多几个来回，就成了挤牙膏，查户口。两个人都尴尬了。

一次两次，总这样，Nina火了，把咖啡勺子一扔，“哐啷”一声，问他：“我说你是看我不顺眼吗？还是我招你惹你了？！什么人我没见过，还真没见过你这么傲慢的！”

平义还在走神，生生被她的声音给拉了回来。他苦笑一下，做出一个安抚她的手势，忙说：“对不起，你别生气。这几天工作上的事情有点烦，抱歉。”

“工作是理由吗？你不觉得你这是缺乏基本的尊重吗？”Nina脾气上来了。

平义心平气和地喝了一口茶，一个字一个字地说：“Nina，抱歉，你别生气。”

他按捺烦躁，继续道：“这样吧，也不想再浪费我们彼此的时间了，我确实觉得我们不合适。我正想和你谈谈呢，正好你也提起了，那就恕我直言了吧。怎么说呢，咱们都是成年人了，中国老话讲门当户对，不是没道理的——两个人生长环境不同，怎么可能有共同语言呢？可这生活是实实在在的，是需要共同语言的。穷人、富人都要遇到考验，有感情基础的都常常经不起考验，更别提我们这样没有感情基础的了。对不起，这么说难听了一点，但毕竟是事实，你懂的。”

Nina双臂交叉抱在胸前，侧脸望向窗外。

平义带着无奈的表情，开口道：“坦白说，Nina，我奋斗一辈子得来的一切，你轻轻松松与生俱来。你叫我怎么跟你合得来呢？你的起点，已经几乎是我的终点。好像我已经跑完了马拉松，来到了你的起点上，累到不行了，你却请我一起再冲刺一百米。你觉得我做得到吗？我们怎么能理解彼此经历过什么、付出过什么，在价值观上什么重要、什么不重要呢？”

他继续道：“我倒不是觉得这个有什么不公平，毕竟每个人命不一样。我自认为我是个很知足的人，但我希望的是，有一个能懂我的人和我一起生活，分享我的辛苦和幸福。你也需要一个能懂你的人，对吧？你是个很好的姑娘，相信你很快可以找到合适的伴侣的。”

那是他们最后一次约会，连晚饭都没吃，Nina就说要回去了。平义也没有挽留，默默送她到车子跟前。姑娘坐上驾驶座，情绪越发烦躁，重重地摔上车门，发动，轰了一脚油门儿，头也没回地走了。

平义站在地下停车场，听着引擎怒啸而去，站在原地苦苦一笑，独自双手插兜儿，不紧不慢地走到自己的车位去。

从此两边就都没动静了。

付斌听闻他们之间没成，着急起来，责问平义怎么回事。

平义正在专心看着图表，心不在焉地瞟了付斌一眼：“什么怎么回事？”

付斌知道现在没法找他说话，就说："得得得，你先忙，下班别走，好好儿聊聊！"

还是在那个小餐厅，付斌随便点了几个菜，双手像弹琴一样敲着桌面，左看右看，有些焦躁。

平义安安静静等菜，低头扯了一张餐巾纸反反复复擦桌面，什么话也没说。

两个人太熟了，什么话不说也不觉丝毫尴尬。但付斌憋不住了，看着平义，说："怎么回事啊你，想一辈子打光棍呢？"

平义一脸无辜："一个人过习惯了，没什么不好。"

付斌说："这怎么行呢？"

平义撇撇嘴，没说话。

付斌苦口婆心，开了话匣："我说平义，挣钱归挣钱，日子归日子。你挣这么多钱干什么呢？你有地方花钱吗？有时间花钱吗？你看你，穿也没穿什么，吃也没吃什么，你留着钱等着它们下崽子呢？立业还要成家嘛，对不对？"

平义看着他，笑着说："师傅，我都知道，您就别着急了，我是真的对她没有感觉。"

付斌很着急，说："感觉？什么年纪了，还谈感觉？你这是为了结婚好不好？！感觉可以慢慢培养的嘛！敢情你从小到大就没有喜欢过哪个妹子吗？"

平义强忍着笑，没有搭腔。

付斌说："这事儿都不能说啦？信不信我今晚灌醉你，要你给我坦白个清清楚楚？"说完他就叫店伙计要啤酒。

平义吓到了，说："别别别别，我真不喝啤酒，我对啤酒过敏。"

"对啤酒过敏？亏你说得出来。那你对什么酒不过敏？咱们来红的还是白的？"

"明天还要上班呢，别闹了。"

付斌嗤了一口气，说："出息！你怎么这么木呢！不就一妹子嘛，我都是千挑万选才给你介绍这个的。人家论长相、论家世、论教育，没的挑啊！"

平义说："师傅，我谢谢你，真的，我知道你为我好。慢慢来吧，这事儿，急不得。"

付斌眼神变了，贼贼地说："你不会喜欢男的吧……"

平义喝一口水，差点喷出来，说："你想哪儿去了，这还真没有啊。"

"那你老实交代——"付斌大叫一声，指着平义鼻子，服务生刚好端上来一盘菜，差点给掀翻了。"——你喜欢过哪个姑娘？！别说我不认识，不认识也得说！"

平义拿他没办法，笑着说："你还真不认识。"

付斌追问："磨叽什么！快说名字！"

平义说："邱天。"

"秋天？"付斌眼睛亮了。

"姓邱的邱。"平义纠正道。

付斌又问："什么时候的事儿？"

"高三。"

"高三你还有心思谈恋爱哪？姑娘什么样子的？"付斌兴趣浓厚。

平义摇摇头，认认真真地想着："……没说开过吧。我们高三那会儿同桌，她……挺好看的，只是她和平常人不一样。”

付斌接着说：“我就知道你口味重，喜欢的都跟正常人不一样。”

平义有点生气：“你怎么说话呢！”

付斌不开腔了。

那晚付斌硬灌了平义一瓶啤酒，平义果然不行了，满脸通红，很难受的样子。付斌气得把瓶子一撂，说：“祖宗欸，你一个大小伙子，一瓶啤酒就倒下啦？”

平义肚子痛得蜷缩起来，说：“跟你说了我对啤酒过敏……明天要是上不了班，你替我负责啊？我手上还有一堆单子呢！”

付斌一脸歉意，说：“对不起对不起，不知道你是真的过敏。”

付斌赶紧拦了一辆车，把平义送回他家里。

平义坐在地上休息了半天，进卫生间冲澡。付斌在房间里逡巡，东瞧瞧西看看。等平义出来，他第一句话就说：“我还以为你家里是个猪窝呢，结果这么干净！你都没挂一张美女照片啊，不寂寞啊？”

平义一脸不屑，牙齿缝里憋出几个字来还击他：“你俗不俗！”

付斌说：“这有什么俗不俗的，这是人的正常生理需求。你长此以往下去啊……不是你心理不正常，就是你身体不正常……”

平义有点儿生气了，说：“你才不正常！”

付斌重重地唉了一声：“你啊，就没长大！一路顺风顺水，恋爱都没谈过。”

平义一边擦头发，一边摸到头皮上榔头留下的伤。他想反驳什么，但话到嘴边，自己笑了一下，也就什么也没说。

付斌走后，他一个人颓坐在床上，闭上眼睛，右手支在膝盖上，按了按睛明穴。

往事的影子那么淡，好像由鲜红褪成粉白的春联，字迹在阳光下衰老，模糊。他突然感觉再也捉摸不到了。

4.

平义工作的第四年，付斌为了签一个大客户，很是头疼了一段时间。客户喜欢钓鱼，付斌不会钓鱼，想到平义比较有耐性，就派他去陪客户活动活动，沟通沟通。

两人驱车来到乡下的水塘，风日正好。给渔民交涉好费用，然后拿出用具，一样一样准备好，抛了几次线，终于坐下来开始钓了。

渔民走过来聊天，问："两位老板做什么的啊？"

平义不开腔，那个客户也笑呵呵没说话。

渔民说："我看两位大老板都是有实力的啊！小伙子还这么年轻，做什么生意呢？"

平义淡淡地说："我们做金融的。"

渔民说："哎哟，这可好，那我现在该买哪只股票啊？"

平义沉默了一下，说："我不做股市。"

渔民还在唠唠叨叨，见他们两个人都没说话，也就悻悻地走了。

他走后，平义就对客户说："连卖菜、打鱼的都在买股票了，您要是有资金在股市的话，撤出来吧。"

客户说："这话怎么讲啊？"

平义笑笑说："很简单的，当所有人都认定某一件事情有利可图的时候，它就快到头了。真正赚钱的时候，是只有一部分先驱首先察觉的时候。

“好多散户……挺可怜的其实。涨势刚起头的时候，他们不懂信号，观望啊观望，股价一路攀升，直到看着周围所有人都进去了，终于坐不住了，急得一跺脚，然后砸锅卖铁在最高点扑进去了，可那会儿早都强弩之末了。进去了之后就开始跌，跌起来他们又完全不懂得及时止损，舍不得割肉，一直傻等它再涨回来，等等等，最后啥都没了，就死猪不怕开水烫了，任由它去。这还是心态算好的……心态不好的……更难说了。”

客户听他说，眼睛看着水面，脸上有赏色，但默不作声。

他们钓上来许多小鱼，都放回去了。正要收工回去的时候，客户专心致志地感觉水面，叫：“是条大的！”

慢慢收线，猛地拉上来，客户好高兴，像个孩子似的喊：“好大一条！”他喜笑颜开。

回去后，付斌急急地问平义：“聊得怎么样？”

平义还是一张扑克脸，说：“没聊什么，挺好的啊。”

付斌拿他这杯温开水没办法，也就不说了。

钓鱼之后不久，五月三十日，国家财政部宣布证券交易印花税提高到千分之三，平义第一时间打了电话给那位客户，说：“股市里的赶紧撤出来。”

一夜过去，上证指数狂泻，多只股票跌停板，散户们大都血本无归。

客户幸而全身而退，吓出一身冷汗。想到都亏了平义，感激涕零，就立马签了付斌的公司，委托交易。正要当面酬谢他，却听付斌说："他已经去德国了，休假。"

5.

平义飞到法兰克福，再坐了一趟巴士，顺着美丽的Romantic Road[①]，经过几座小镇，去往慕尼黑。这是邱天推荐他一定要走的路线。

巴士早上七点出发，车上的乘客中有两对安安静静的日本情侣，一个白人女孩儿，还有他。

国内也不乏好山好水，有的美至天下无双，然而为了抵达那样一处胜景，往往需要经过太长太烂的路，经过无数的三线小城市、四线小乡镇，看尽贫穷与肮脏，才能到达。

然而在德国，一路都是风景。可能目的地本身，还不如路途中美丽。

从早晨出发，南下，经过维尔茨堡、罗腾堡、奥格斯堡、莱希河畔兰茨贝格、慕尼黑，最后到达菲森。每到一个地方，司机有短暂停留，乘客可以下车兜转一圈，然后在规定时间上车。

虽然停留时间都很短，但因为小镇也都很小，所以倒没什么不够的。

① Romantic Road：德国南部的浪漫之路。

从未见过这样美丽的田园风光。天空蓝得如同是孩子们用蜡笔涂上去的，大朵大朵的白云，像假的一样，静静挂在头顶；翠绿的田野，随着丘陵的曲线微微起伏，柔软地铺到天边；小小教堂的尖顶，帽子一样高出一个头来，钟楼上停着几只鸽子。

眼前如一幅幅简笔画，色彩明丽，上帝在这里似乎显得倍有童心。平义看得入了神——这完全是另一个世界，如此地宁静、祥和，让人觉得就此停下来，在这里做一个农夫，开着拖拉机耕种小麦，收割苜蓿，是世上最幸运的生活。

他感觉自己像个掀开了一角幕帘的孩子，窥见了天下之大。

晚上七点，到达慕尼黑。平义下了车，巴士继续开往菲森。

打了车，赶去酒店。酒店在一条安安静静的小街上，道路两旁是高大的杨树，树叶被风吹得沙沙作响。房间干净、整洁，他推开窗，呼吸到一口很清新的夜晚的空气。

安顿下来，他打了一个电话给邱天，说："我到酒店了。"邱天说："今天很晚了，你先好好睡吧，明天我去找你。"

平义洗漱完毕，天还没黑透，但他已经很困了。算来应该是国内的凌晨一点了。他躺在床上，闭上眼睛。在一种孤独而兴奋的交替困扰中，努力进入睡眠。

第二天早晨，醒来，睁开眼睛，窗外是夹道白杨的树影，窸窸窣窣在风中摇晃，晨光如甘泉那样，源源流淌进来。他突然想不起自己在哪里，有种格外奇妙的疏离感。于是他又闭上了眼，缓了一下，想起这是在旅途中，在另一个大洲，离家千万里的慕尼黑。

这一趟，其一，是略作休息，散散心；其二，是为了见见邱天。

工作好几年了的李平义，业绩优秀，衣食无忧。聪慧，沉默，对任何事情都镇定而理性。他的衣服都是一模一样的，八九条牛仔裤，深深浅浅，款式都是中规中矩的；二十几件格子衬衣，各种深浅，格子有大有小，长袖短袖；休闲鞋款式雷同，颜色相似。若不仔细看，仿佛他一年四季都没有换过衣裤。

生活的平静、稳定，好像一条看不见的力量强大的洋流，裹挟着他一圈又一圈地环绕人生。貌似每一天都不同，其实不过是在画着重复的圈。

此刻，在离家千万里的慕尼黑，在酒店里，他站在卫生间的镜子面前，认认真真洗脸，刷牙，整理衣装，准备见旧日朋友。

打通了电话，邱天说，她还有两站地铁就到了。

平义下楼吃了简简单单的早餐，其实没有吃饱，但他没有什么胃口。吃完，在酒店门口，窸窸窣窣的白杨树叶低语之声中，来回走了几趟，再回到酒店大堂，就看见了邱天。

多年未见，邱天朝他笑，那个笑容陌生而熟悉，像一只古瓷器，埋藏在土地里，被后世挖掘出来，一切都依稀可辨，但毕竟有了时间的痕迹。

那一瞬间，平义觉得心突然变成一根丝弦，被什么东西拨动，颤振不止。就这样看着她坐着轮椅，渐渐靠近自己。平义无意识地，用家乡话和她打招呼，喊她的名字。

在异乡求学并工作多年的平义，早已经习惯了使用普通话。这一刻为什么突然说家乡话，他自己也很困惑。

邱天还是笑着，问他："怎么样？浪漫之路？"

他说："太美了。"

他们的重逢，是一个很美好的开始。

在慕尼黑的英国公园，溪流潺潺，树林荫翳，风闻上去是香的。盛夏时节，树荫下却凉得需要穿外套。人们躺在草地上晒太阳、读书、野餐，狗在旁边睡觉。树林中的桥洞，突然收窄，溪水到此汇成几股湍急水流，人们就纷纷抱着冲浪板，站在岸边排着队挨个儿练习冲浪。

阳光如此温柔，原谅一切。他感觉非常放松，长时间沉默，真希望如此沉默到天荒地老，就这样永远停留在这个美好而闲适的下午，再不用起来，再不用面对生命的料峭与诡谲。

平义坐在草地上，靠着她的轮椅，恹恹欲睡。一阵风吹来，树叶沙沙作响。高大橡树的斑驳影子，投在她的身上。他抬起头看着她，因了残疾，她的面容美丽得格外残忍：命运赐以她这样姣好的容颜，背后又有这样险恶的用心，令人叹息。

这么多年，岁月抚平了多少心的皱褶。

他依稀想起童年春游的时候，她在草地上，极其羞涩地唱起《小小少年》的那个下午。

生命的折与远，令人惊叹。在那个唱歌的下午，谁会想到，十多年后的另一个下午，他们真的在德国相见。回首来看，这个下午和那个下午，犹如群峦双巅，遥遥相望，其间的千山万水，冥冥茫茫。

6.

在慕尼黑待了两天，邱天说："带你去天鹅堡吧，虽然我去过无数次了。"

是个大好晴天，他们坐火车前往。车厢里有专供骑行爱好者放自行车的车厢，自行车一辆辆挂在车厢壁上。邱天坐着轮椅，也停在那里。旁边的车厢里坐着些朝气蓬勃的年轻人，戴着自行车头盔，交谈热烈。健康与残疾，对比如此强烈，但没有人对她投以异样目光。

下火车，搭巴士。入了景区，开始漫长的上坡路。他一直推着她，汗水湿透衣衫，有些喘气。邱天说："累吗？"

平义说："没事。"

即便是淡季，菲森也游人如织。这里有新的和旧的两座城堡，当然新天鹅堡人气更高。他们没有进城堡，而是继续往上，走上那座著名的桥，眺望新天鹅堡全景。

站在桥上，脚下是深谷，远处是巴伐利亚平原淡淡的绿色，近处是城堡的俏丽侧影，庄严而精巧，美不胜收。

平义突然想起，这不就是儿时家里挂历上的那个城堡吗？那是父亲带回来的挂历，每一张都是世界各地的胜景。月份是三月，图片是一座梦幻般的城堡，拍摄的是秋景，层林尽染，姹紫嫣红……世间竟有如此仙境，叫他盯得出了神。诺瓦恩施泰因堡，这是当时的挂历上注明的名字，音译。儿时的他，就牢牢记住了这个拗口的名字。

意思是新天鹅堡。

平义为此像个孩子一样激动起来，邱天却笑他：“连这个你都不知道，你简直过得太孤陋寡闻了。难道你来德国之前没有做过旅行功课吗？”

平义不说话了，默默站在桥上眺望着城堡，巴伐利亚平原在他眼前渐渐展开，愈加广阔。他再次感到了一年前在川滇交界的荒野之夜，那种庞大的无边无际的渺小之感，敬畏之心。

看完城堡下山的时候，一路急弯，坡很陡。拐了两个弯，突然看到一汪蓝蓝的湖水，叫他一震。

该是多么遁世、多么寂寞的君王，才会在几百年前，选择在这山林中，依山傍水，建造这样一座孤独的城堡。平义想象着君王在城堡中森严而清寂的生活，为那种遥世传奇，感到着迷。

如今的生活是没有那种传奇的。如今的生活无比具体、细小、通俗、热闹。没有山谷，没有河流，没有月色，没有原野。生活是马路上聒噪不停的喇叭声，是K线图上一个个细密的阴线小十字，是出租车的收音机里传出的打折、促销、快速贷款、白癜风广告，是布什政府，是反恐，是非典，是住建部消息，是GDP环比上涨……

平义久久望着那一汪偶然相遇的湖泊，遁入了一种从来没有过的对生活的质疑。

7.

离开慕尼黑前夜，是个阴雨天。他们就坐在离校门不远的干道旁边的一处小花圃里闲谈。石凳子冰凉，矮矮的一圈常青藤围成一块方形。有一座小喷泉，但没有水。宽大的马路对面，有一个水果摊位，整整齐齐摆满了新鲜水果。有点贵，但他们渴了，这条路上见不着食品商铺也没超市，就买了两块西瓜，过马路，找到了这个小花圃，坐下来吃西瓜。

在此之前，他们吃饭、散步、去天鹅堡，一路上都没有深入地谈话。多年未见，相处起来却像是寻常朋友，只道些皮毛，简单开心。有一种微妙的气氛蔓延在他们中间，仿佛谈及往事将是一桩极其庄重、严肃的话题，谁都不轻易触及。

直到那天晚上，他问："这些年你过得好不好？"

邱天答不上来，说："还行。你呢？"

他说："我也还行。"

邱天问他："你有女朋友了吗？"

他害羞地说："没有。"

"一直没有吗？"

"嗯。你呢？"

"我这个样子，怎么有呢。有时候我很想养一条狗，陪陪我。我觉得，见过的人越多，越喜欢狗。"

平义不说话了。

两个人拎着一只装着西瓜皮的袋子，盯着那座没有水的小喷泉，沉默了一会儿。

"我的师傅一直在给我介绍。之前试着相了一个亲，对方条件挺好的，但可能我真的太木了，确实没有感觉……也不想害了人家。反正自己一个人也过得很习惯了，就没觉得什么不对。其实我时不时……还总想起你们这些老朋友来。这些年我和他们联系都不太多，邵然出差，偶尔来几次。每次我见着他，都觉得……他不是一个人来，而是我所有，所有的从前，全都附在他一个人身上，来看望我。那种心情很复杂，感觉自己其实已经是个有历史的人了。”

……

平义就这么说着，话语像田埂上破开的灌溉口，涓涓细流绵绵不息。说着说着，他突然自己打住，像梦游中惊醒，发现自己赤身裸体似的，极其羞涩地说：“都不知道已经跟你讲了这么多，这恐怕是我四年来说话最多的一天了。”

邱天把手放在他的膝盖上，拍了两下。

平义没有看她，但他伸出手，轻轻放在她的手背上。邱天有一瞬间微妙的吃惊，手轻轻抖了一下。

平义盯着那座小喷泉，说：“其实我挺担心你的。有时候我梦见你，梦见你来找我，还是高三时候的样子……”

他说到这儿，像做了一场梦似的，停顿很久。

“醒来之后，就挺想联络你，问问你好不好。”平义低下头，盯着自己的脚尖，说，“可是我没有你的联系方式……后来还是邵然告诉我的……”

“我挺想你的，邱天。”平义抬起头来，侧过脸，面对邱天，但似乎又显得勇气不足，于是只是低垂双目，盯着她的窄小的肩头——“真的挺想你的。”

他就这样看着她的肩，确切地又重复了一遍。

离开慕尼黑，平义一个人去了柏林。安安静静的火车车厢，他望着窗外，突然有种无来由的怅惘。

紧接着一阵冲动，平义低下头来，飞快地从包里摸出一张纸，一看是一份地图，顾不上了，迅速展开来，在地图背面想要提笔写字。然而紧紧握着笔，反复在纸面上戳下几个墨点，却不知如何行文下去。好久好久，也只是在地图背面留下几个黑点，几根短线。

他有些颓丧，抬头望了一眼窗外，咬咬牙关只得作罢，收起笔，盖好笔帽，重新折叠好地图，放回包里。

旧柏林在“二战”时毁损殆尽，如今所见几乎都是战后重建。不知为何，整座城市给人一种气派、庄严的感觉，处处显得落寂、内敛，一颗忏悔之心下，却又掩藏着对不可一世的辉煌时代的缅怀，意涵微妙。他想起《意志的胜利》里拍的柏林，那是战争前夜的第三帝国首都，满街挂满巨幅的竖条纳粹旗帜，红与黑的海洋。整个国家像一部崭新的、冰冷的、坚硬的战争机器，一颗颗铆钉锃亮，未行驶过的履带纤尘不染，散发出强烈的、极其新鲜的、金属和油漆的腥气。

那不过是几十年前的历史而已，距今还不到一个世纪，却已经有许多事，再也无处可寻。

意志从来不能让我们胜利。意志只是让我们坚持，坚持一种错误，或者坚持一种正确。

直到这种错误或正确最终土崩瓦解。

傍晚时分，他到处乱搭公交车，游览这座城市，最后搞得自己有点迷路，下车来，在大街上静默地走着。黄昏悄然降临，柏林穹顶在远处屹立。不知名的广场上，高大的廊柱排列整齐。

一群群鸽子在空中飞翔、盘旋，平静而忧郁。从未见过哪个大城市有这样多的鸽子，飞得这样高。

那个时刻，他感到青春如一面广阔的湖泊，他像一只小船，缓缓摇着桨，渐渐消失在浓浓的雾色之中，棹移人远。

回国的飞机上，他沉睡过去，做了一个梦。十七岁的仲夏，她一身栀子的素净、芳香，双腿完好。他的头部尚未受伤。两个人像柏林黄昏时分的鸽子那样，飞翔在广袤的天空之中，风如海浪，撩动羽翼，除了自由还是自由。

世界在云下，面目模糊，忽隐忽现。无尽山川，河流，积木一般的城市，一一掠过。

他被送餐的空中小姐惊醒了，却迟迟不愿睁开眼来，就这么把头靠在座椅上，紧闭双眼，泪都差点要掉下来。

8.

回国后，熟悉的街道、店铺、面孔、语言……熟悉的生活节奏、工作内容……一切像一盆冷水泼在梦中人身上，叫人不得不惊醒过来。

平义为这样的清醒感到手足无措。他依旧努力进入工作状态，但有些力不从心。

专注度和理性不够的时候，他往往选择保守，迟迟不建仓。

付斌看出来些什么，问他："怎么样你这趟？"

他摇摇头，喝着茶，不说什么。

付斌看着他，期待他说点什么，但平义默不作声，弄得付斌像面对一个完整的大西瓜，无从下口。

付斌习惯了，只好瞎扯两句就撤，走出他办公室的时候，说："对了，托你的福，那个客户签了。熊市当头，唉，不好过。"

一切渐渐回到常轨。平义强迫自己不去想什么，白天全心工作，心如止水地用各种程式模型做交易。天然橡胶、豆粕、铜、黄金。行情波动大的时候一天能做一百多次交易，波动不大的时候，只二三十回。那段时间天胶虽然不像二〇〇六年那样冰火两重天，但还是比较折腾。平义去德国之前，天胶连续下挫；回来之后，一度跌至17305元一吨。之后是长达两个半月的宽幅震荡，搞得他有些心力交瘁。最终在第四季度开始大幅反弹，到年底回落之前。平义勉强抓住了机会，盈利还算过得去。

那几个月，他每天下班回家，从未觉得如此孤独过。翻阅床头的书，看不进去，在每一个森严的夜里，心像一处废弃多年的园子，杂草丛生。

他不得不用睡眠来逃避，因此睡得越来越早。

偶尔有空儿的时候，上网来，找邱天或者我说说话。言语中有一种经过努力克制的伤感，令人很担心。

尽管如此，他仍旧享有对生活和命运的绝对掌控。从每一天的起床时间、刷牙几分钟、早餐吃什么、衣装整理，到工作内容，一切有条不紊，流水线缓缓拉过，往复不止，一晃又是三年。他每年都坚持去欧洲看望邱天，从慕尼黑，一直追到苏黎世。关于这一段故事，邱天对我说起过，我惊讶于平义竟然从未对我提起过只言片语。

他选择隐瞒，总有他这样做的理由。于是，我也就装作不知道。

他只是在MSN上对我说，生活太静了，长得看不到尽头，我有一种很不好的感觉。

也就在他说出这句话不久，付斌突然连续三天没有来公司。平义不由得担心，打电话去问，一直没有人接。

晚上，他觉得事情不对，直接找去付斌家里。

付斌给他开门，面色灰暗，也没打招呼，点了一下头，算是让他进来。嫂子见他来了，像鬼似的从沙发上站了起来，一声不吭，去了孩子的房间，关上门。

付斌失魂落魄地坐在沙发上，全无一丝精神。

平义问："这是怎么了？"

付斌出神地盯着墙壁，很久没说话，末了，像想起什么似的，才答他，说："孩子病了。"

"什么病？"

"前段时间孩子老是感冒，我们也没在意。后来脖子上的淋巴肿了，送去医院，说是淋巴炎，就给输液。输了三天了，抱回来，一点都不见消肿，夜里突然呼吸困难，吓得我们半死，又送去医院，再检查，发现淋巴组织都成了粉末状……医生说可能有癌变……今天刚刚打麻醉，做了活检，过三天出结果。"

"癌变？才两岁就——"

付斌还算镇静，只是阻止他："你什么都别说了。"

平义愣在那儿，坐立不得。嫂子关着门，没出来。

三天之后，孩子的检查结果出来了，淋巴癌。

付斌只觉得晴天霹雳，拿不出一个适当的表情来应对这个消息，面皮上的肉颤抖着，似笑又似哭，说："医生，可能出错了吧？孩子才两岁，怎么会……"

医生直接问付斌："是不是孩子刚出生的时候搬了新家？"

付斌失了好久的神，才碎碎叨叨地说："我专门买了大房子……想着有了孩子家里宽点儿……装修费了好大劲……"

医生惋惜道："你们搞些什么花里胡哨的装修啊！新生儿怎么受得了那些化学物质？！都没开窗散散就直接搬进去了是不是？"

医生直叹气，付斌如遭五雷轰顶，半天回不过神来。

直到医生用手推他，唤他回过神来，他才听到医生说什么："我强烈建议你们大人也做做检查。"

谁都没有想到，这一查，彻底掀翻了付斌的生活：他的老婆也得了乳腺癌。

平义从来没见过付斌要垮下的样子。从前，他带团队刚起步，累得半死，公司如一叶小舟，风里来雨里过，头寸没把握好的时候，赔掉几百万几千万，仍然面不改色，不过是果断平仓止损，迅速调整策略，从头来过。这般跌宕惊险，仍未见他有一丝颓丧，起码在人前，从来没有。

平义加入团队的时候，他已摸爬滚打了十几年，像个熟练的一身赤铜色粗糙皮肉的老水手，孤帆浩海，一马平川，一心要与命运拼个高下。

而生活的风云诡谲却击中了他，当头两棒打下来。平义第一次亲眼看到付斌哭，就在办公室，对着电脑，双手捂着脸，再放下来的时候，眼睛就通红了。

付斌就着满是眼泪的手，一把顺着额头向后抹了抹头发，目光扭向窗外。

那个夜晚，还是在他们常常吃饭的那个小馆子，人声依然鼎沸，厨师依然忙不过来。

付斌环顾四周，说："你看，这么多年了，我看人没看错，看事儿也没看错。但我竟然把生活看错了。我一直觉得胆大心细，往前拼就是了，但我还是大意了。这招儿太狠了，后院着火……我现在才觉得，人跟老天讲得与失，真是讲不过的，真的讲不过。"

付斌猛烈抽烟，愁眉苦脸。

平义问他打算怎么办，他说："还能怎么办？治呗。"

付斌掐灭烟头，抬起头来，认认真真地对平义说："平义，以后我顾不上来的时候，就会更多了。你要替我把团队给带着往前走。一切就交给你了。"

平义神情复杂地看着他，什么也没说。

9.

工作第五年，他照例联络邱天。在MSN上，他说："这个月底我去看看你吧。"

邱天在电脑那头沉默了一会儿，打出一行字："平义，你还是别来了。”

他愣了一瞬，问：“为什么？”

隔了一会儿，邱天回：“那么你来，又是为什么？”

平义死死盯着屏幕，不知如何回答，不知不觉皱眉，皱得眉头都酸痛起来。

生平第一次他突然想抽烟。原来有时候人突然抽烟，不过是因为连手都不知道往哪里放。

他在键盘上打出：“因为我爱你。”他手指放在回车键上，似触非触，始终犹豫着不敢发送出去。

对话框上显示对方正在输入，平义耐心等候着。终于两行字在屏幕上跳出来，她说——

“我是个没有选择的人，平义。我没有选择，但我仍然是有心的。

“而我心里是有人的，一直有。”

平义愣在那儿，心跳加速，不知如何作答。他猛敲Backspace[①]，消去了刚才那句话，又问：“是谁？”

对方无回音。

沉重的寂静。平义呆坐电脑前，直到看着她的头像变成灰色，系统提示：对方已脱机。

晚上平义无法入睡。感觉心已经要被疯长的野草所彻底掩埋。午夜十二点一个人起来看DVD，“噼里啪啦”地挑选一番，拣出一张

① Backspace：删除键。

《Once Upon a Time in America[①]》，一部漫长的，关于友情、爱、忠诚与背叛的故事。看到一半，又把碟片的包装壳拿过来端详，果然是意大利导演的作品，不论画面、音乐、叙事节奏，皆似足《教父》。

夜深了，他困倦地闭上眼，缩回被窝里，电视屏幕没有关掉，只剩背景音乐的小号之声，排箫之声，单簧管、钢琴、小提琴，重复同一段凄切的旋律，像久远的梦的回声，余音绕梁。

“你无法知道你多爱一个人，直到你失去了她。”不知在哪里读到过这句话，他曾经嗤之以鼻，随手将书本扔到一边。

如今，在这个夜晚，这句话却突然跳进脑海。闭着眼睛辗转反侧，困倦不堪，却还是睡不着。他起身来打开电脑，给邱天的MSN留言：“给我一次机会，我爱你。”

平义盯着屏幕上的这句话呆坐。就着电影原声，音乐使得这一刻显得尤为伤感而动容。

那一趟的年休，他独自去了香港。本来是为了看看那边的情况，约好一个业界前辈谈谈去那边发展的可能性，结果对方有急事去了北美，临时失约。

命运的引导，冥冥之中充满巧合与既定，多年后他回过头来想，的确是这样的。那个下午他独自坐在咖啡店里，手机里已接到对方不能再到来的消息，正在为空跑一趟而感到沮丧，不知接下来作何打算，顺手拿起书架上摆着的一本繁体版本《写在救援侧面——无国界医生的故事》，权当打发时间，读了起来。

① Once Upon a Time in America：电影名，中文译名为《美国往事》。

这一读竟一口气从头读到尾，热泪盈眶。内心那种起伏跌宕，恰如多年前第一次听完付斌的讲座，接触到金融。

书刚读完，一道光线突然不知从何处射过来，直直地照进他眼里，险些让他睁不开眼睛。他一惊，抬头，见到窗外是维多利亚港口的林立大厦，玻璃幕墙反射着阳光，看上去绚丽异常；光线于瞬间达到一定角度，被某片玻璃反射，竟然就这么直直地劈进他的瞳孔，带着一种极为玄秘而诡异的启示感，叫他突然明白了什么。

他就这么久久坐在原处，眺望着船艇在港口游弋，拉出一条条白浪。夕阳踮着脚在一块块玻璃幕墙上跳跃，瞬间幻化成流动的华光异彩，一直流进水面的碎金中去，仍旧跳跃不止。

好一片太平盛世，仿佛将会永垂不朽。见不到股灾时的人心惶惶，见不到历史的百味杂陈，甚至见不到人间的哀与喜。

他合上书。而与此同时，冥冥之中，命运冲他打了另一个响指。

10.

半年后，他终于完成了辞职、工作交接、出国手续等繁杂事务，决意去英国自费接受一年的英语培训，之后成为无国界医生组织的一名后勤。

付斌惊闻他要走的消息，一路反对到底，还是没有用。他几乎带着哭腔说：“我老婆、孩子都病了，公司正想交给你，我这么信任你，你居然在这个时候要离我而去！”

平义望着他，说：“每个人有每个人的选择。我从来没有因为利益离你而去。”

付斌冲他发火：“你以为你很高尚吗？！你这是对我落井下

石！你这是没有回头路的！”

平义一脸淡然，说：“我从来不打算走回头路。我只想走我从来没走过的路。”

付斌气得拍了桌子，说：“我认准你一辈子理性、聪明、谨慎，我从来没想过你居然做得出这么冲动、大胆的事情来。你要后悔的你！”

平义坐下来，也拉了拉付斌，要他坐下来。付斌不肯，气势汹汹。平义也就作罢，静静地说：“付斌，你教会我的，我从来不会忘记。但是我真的不想……几十年之后，我回过头来看，人生一无所得。”

“你怎么会一无所得？你得到了多少你同龄人累死累活一辈子都得不到的东西？！你是身在福中不知福，你知道吗？你看不到你住的房子，你开的车子，你每年的薪金和提成。有几个年轻人能够在毕业几年之内就像你这样成功？过得这么好？你看不看得到是谁带你入行？”

“付斌！你听我说！”平义头一次提高了声音，打断他的话，让他吃了一惊。

“付斌，我不想这样戳你痛处，但你看，我们得到了什么？你奋斗二十年，是，你很成功，但现在嫂子和孩子都病了，一治病就把你挣的东西全都洗干净了……你这样硬扛着、硬顶着……万一你也累出病了……”

付斌的脸色变了：“你在说什么呢？！”

平义挥挥手，说：“对不起……我不是这个意思。我不会说话。我是想说，人只有这么一辈子，奋斗这么一场，为的是什么？

我可能一开始就没有想清楚，但我现在想清楚了。”

付斌盯着他，露出疲态，颓然地坐下来，陷进了皮椅子里面。坐下来之后，目光在桌面扫来扫去，伸手摸到了烟和打火机，抓过来点燃，抽了一口，狠狠地吐出烟雾，偏着头靠在椅背上，看着平义，一副愿闻其详的表情。

平义像个来面试的孩子，坐在付斌的大班台对面，整理了声音，恢复了以往的平静，娓娓地说：“我以前很不起眼，那时我们学校最厉害的是个叫陈臣的男生。他爸爸和我爸爸是教同一个班的老师。他爸爸性格很怪，性格越怪就让他越倒霉越不顺，越这样性格越怪……你懂的，恶性循环。

“我十六七岁的时候，成绩起来了，一直拿第一。他爸见不得儿子落后，又气不过我爸老是评上先进，憋久了，就爆炸了，最后拿榔头朝我头上砸了两下。他以为我死定了，然后就当场跳楼自杀了。

“但我没死，我还是考上了学校。那件事之后，我爸爸老了好多。他从此吃斋、信佛、打坐、练太极。他对我说，一生得失，是个定数。得了，必失；失了，必得。他要我平平安安，有义有节地过完一辈子，就像我的名字这样。

“付斌，我知道我得到了很多，这要谢谢你。我一直都在获，一直都在得……老话都说，吃力的不挣钱，挣钱的不吃力。其实我真的挣得不吃力，真的。别的年轻人可能在大楼里一层一层挨家挨户敲门找客户，在加班加点赶工、熬夜，在洗盘子，在种地，在搬砖……我一开始就入了这行，玩的都是钱生钱的游戏，来得轻易，走得也轻易。说句不好听的，我得太多了，哪天老天就一并连命都给我收回去了。

“你知道我一直没有找对象。以前是我没这个时间，现在是时间有了，心思没了。而且……其实我很软弱，我连要和她一起生活的勇气都没有。

“你不知道，她是个残疾人。小时候车祸，截掉了一条腿。我们从小一起读书，都是邻居。高三的时候，是同桌。我发现我喜欢她，就像断指一样要自己断了这个念头，因为那时我要读书，我要考学校。

“当然，后来出了那么多事儿，我也就淡忘了。我受伤之后复读，之前那一届的，都各奔天涯。那一年我过得心清如水……事实上，从那之后我一直过得心清如水。但我又不是圣人，怎么可能没有杂念？我知道我喜欢她，但是她是个残疾人……我怎么……我怎么能和一个残疾人在一起呢？我们怎么生活呢？我怎么负担得起她的生活呢……万一我们彼此不合怎么办……你知道的，生活太现实了……

“太现实了。我甚至都没有勇气，告诉别人，说我喜欢的姑娘是个残疾人。

“后来我想，可能是我爱得不够吧。爱一个人够深的话，也许这不是个问题。我很后悔年少的时候把那个念想给掐了，真的……人一旦过了少年时期，就再也没有那个心去奋不顾身了。什么爱啊，感觉啊……长大之后，在现实看来，都是锦上添花。你得有这块锦，才能添得上花。

“以前是我没勇气继续，现在……我是没勇气放下。

“这么久了，那个念头就像一根韧带那样，拉拉扯扯，有时候粗，有时候细，但是从没断过。现在我生活稳定了，有这块锦了，我就琢磨着，是不是该添朵花了？这几年我每年年休都去见见她，她也没有对象，我觉得自己慢慢走下去，试试彼此相处，也许有希望，也许我能更肯定我的感觉……等我们都肯定了，我们才能在一起。

“但是今年她告诉我，她心里有人。我觉得我有种如梦初醒的感觉……我都从来没有想想，人家是不是喜欢我、是不是就愿意和我在一起。这么久了，我只是每年去看看她……又不说穿……把她当成什么了？

“好像潜意识里就觉得，她是个极端的弱势者，她是没有选择的。当我喜欢她，她就应该，她就注定，就得乖乖在那里等着我，等着我慢慢犹豫，慢慢权衡，慢慢考虑得失……哪怕我什么都没表示，她也应该为还有人愿意喜欢她而感恩戴德。

“我才发觉我的心真冷啊，真狠。这么多年，冷静的生活和工作把我变这么狠了。”

平义深呼吸几口气，眼里渐渐湿润了。

付斌沉默着，烟屁股快要烫到手指了，依然没有察觉。

平义继续说：“我想过很久了。挣钱这样的事儿，没个尽头的。今天我赢了一千万，别人赢一个亿，还有人赢一百个亿。真的没有尽头的。犹太人有句谚语说，裹尸布上没有口袋，说的就是，钱再多，也带不走。带不走多愁啊，所以有这么多什么奢侈品啊，这啊那啊，都是为这种愁钱花不掉的人准备的。一件衬衣，算它材料、人工、耗能、运输、税收、通胀、广告投入，撑破天了，最后值五百元，对吧？放到店里去，标价一万。有钱人就开心了，看，又多花掉了些，又多些人买不起，恨不得自己再画两个零上去，全世界就自己一个人买。

“付斌，你知道我不是这样的人啊。你看我一柜子衣服，都是几十块百来块一件的，全都一模一样的衣服，还有鞋子也一样。我挣这么多钱来都不知道往哪儿放。我要有个家庭，我还能往我家人身上放，现在我连家庭的影儿都没有。

“父母是早就给够了，他们就成天担心我，因为他们觉得我挣了这么多钱，肯定好累。他们不要钱，只是不想我累，搞得我都不敢跟他们打电话，一打电话他们就会说，早点睡啊，别太累啊……”

“付斌，你放心，我是不会走回头路的。你知道吗？我第一次听你的讲座之后，很受震动，看了你列出来的专业书，决定做这一行，并开始投简历。那会儿我刚毕业，就租了一个筒子楼里面的破单间，投行都不要我，甭提多沮丧了。那天回来，外面下着雨，湿漉漉的，我回到家，就站在那个破走廊的尽头，一眼望过去，又黑又脏又旧，锅啊，湿衣服啊，什么都有。我当时就想，我不要我这一生就像一条破走廊一样，连个拐弯都没有，一眼看穿到底。

“就是在那一天，我给你写了邮件，你回了我，我们才见了面……

“干操盘手的这几年，我感觉我又沿着一条走廊走了很久很久，想拐个弯了。

“说实话……嫂子和孩子病了之后，我更觉得，人生太短了，太无常了。健康啊，生命啊，这些平时习惯了理所当然的东西，一瞬间说没就没了。

“我不想还没来得及看看生活和工作之外的东西，就发现我的时间透支到了尽头。现在我天天晚上回去，心里全是杂草，空空荡荡的。我想找些东西把它填满一点。

“我觉得我去‘无国界医生’是对的。我想很久了，只是我从来都没有说出来，所以让你们觉得这么突然。对不起。”

平义说完这一大番话，天色都晚了。

付斌一声不吭，桌上的烟灰缸堆满了烟蒂。

在冗长的沉默之后，付斌以疲倦而懒散的声音，冷冷地说：“你现在之所以能这么轻易就敢去什么‘无国界医生’，只不过是因为你的成功来得太轻易了……如果你跟其他年轻人一样，一路打工，做苦力，洗盘子，才爬到今天的高度，年薪四百万，有房有车……你就不会这样做了。”

“可能吧……”平义自知无论如何也无法说服他，只能放弃，徒劳地叹了一口气。

末了，平义又补充了一句：“那么……老天偏让我这么轻松，一定就有他的用心。”

11.

人不会觉得自己不幸，如果他没有看到别人过得更好；人也不会觉得自己幸运，如果他没有看到另外一种完全不同的活着。加入无国界医生之前，平义前往伦敦修了一年英语培训课程。

总算是领教了伦敦为何是伦敦。冬日下午三点，天色就垂垂变黑，像个敷衍塞责的看门人，早早下班锁门了事。许多人因为伦敦缺少晴光而患上季节性抑郁。平义也感觉相当低落，因此选择锻炼，常常顶着夜雨沿着河边散步、猛走，走到全身大汗。夜晚的伦敦灯火斑斓，已没有十九世纪的气息，他住的又是新兴区，过于现代，与一切大城市无异，缺乏诗意。到了圣诞的时候，一个人开车去了剑桥。深夜踏着大雪在剑桥散步，走了将近一夜，筋疲力尽。

累了，抹掉长凳上的雪，坐一坐。一坐又冷，又站起来走。节日期间，周围一个人影都没有，商店全都关闭，好像人类遗弃了这个星球。他在雪地中给邱天发短信，脱掉手套，手僵得一个字都按不出来，遂试着拨通了她的电话，但无人接听。

回到伦敦，极其偶尔地，平义去小赌场豪赌。那里总聚集着一帮有钱的留学生，几乎每天都来，每每输赢便大呼小叫、张牙舞爪。但平义总是一个人来，默不作声把玩筹码，人们都以为他是日本人。他喜欢独自忍受输到手心冒汗、心跳慌乱的感觉。有时候也赢，赢也赢得心跳加快、血往上涌。原来赌徒的心态就是这样的，至此他终于心满意足地体验过了，毕竟在他的操盘手职业生涯中，他从未赌过一次，从未。原来人要成为一个赌徒太容易了，他想着。对于这座沉重古老的城市，他需要用一些方式来感受自己的活着。

来年，春天像迷路了似的，姗姗来迟，偶尔露一点晴光，一阵风过后又阴了下来。到五月，气温一降，还要依赖暖气和毛衣。在那一年，因为缺乏压力，上课也显得极其悠闲，没事儿的时候去图书馆看书，闲来四处走走。一想到不久之后他将深入人类社会最悲惨、最落后的地区进行援助项目，他便对这个世界的贫富分化感到触目惊心：朱门酒肉臭，路有冻死骨。几千年了，一点变化都没有。当富豪的佣人在Whole Foods[①]超市挑选新鲜而昂贵的食品之时，非洲无数饥荒儿童，因严重营养不良而全身皮肤干糙爆裂。在Harrods[②]商场里，来自世界各地的光鲜男女享受花钱的乐趣，而在刚

① Whole Foods：超市名。

② Harrods：商场名。

果（金）与卢旺达接壤的边境小城戈马，种族大屠杀之后，紧接着是霍乱爆发，尸横遍野，一杯洁净的水都找不到。

为了人类的患难，一九七一年，一群法国医生创立了“无国界医生”。此后的几十年，无数人参与到这个独立的专门从事紧急医疗援助的人道组织中，影响力不断扩大。一九九九年，无国界医生获得当年的诺贝尔和平奖。那是一些催人泪下的故事，然而参与者所体验的，与拯救者或英雄主义等字眼，全无关联。无国界医生们多来自和平而美丽的发达国家，欧洲居多，他们深入到饱经战乱、饥荒、病疫肆虐的地区，亲身经历子弹擦过耳边，持续饥饿，昼夜高温，臭气熏天的旱厕，十五天不洗澡，在最简陋的临时设备条件下一夜做四台截肢手术。

他们的所作所为，并不能免除人类的患难，不能免除饥荒、瘟疫、战乱继续发生……但他们通过这些所作所为，对生命有了某种冷静而客观的透视，因此获得内心的平静与强大。

12.

平义修完英语课程之后，去香港参加无国界医生面试。

评核员问他：“你为什么要参加无国界？”

他坦然地摊开手，说：“为了人生经历。为了想做一些好事，有意义的事。”

评核员微微皱了皱眉，翻看他的履历，说：“从条件上来说你合格，但我不能保证你真的准备好了。我们最短也要求是十二个月的工作时限。”

他说：“我知道。我想我准备好了。”

评核员说："你要明白，我们所做的，不是提供一个Gap Year[1]，让你逃避对生活的不满意，如果是那样的话——"

平义打断他，说："我知道。"

原本要派遣他到乌兹别克斯坦进行耐多药结核病的诊治项目，但海地突发大地震，人手急缺，他被派遣到海地。

震后的海地彻底沦为无政府状态，机场几乎报废，无数救援飞机在空中盘旋良久，无法获得地面的降落通信支持。无国界医生的飞机飞到海地，在空中又盘旋了两个半小时，出于安全考虑，被迫降落在邻国多米尼加。降落之后，医疗人员迅速赶往无国界在太子港的临时医疗点。平义与一名来自丹麦的后勤人员一起，负责将冷藏的药品和器械运过去。

平义的确从来没有见过这样的场面。放眼望去，一片废墟，活人和死人几乎分不出来，尸体和肢体残片随处可见，垃圾和污水在烈日下发酵，臭不可闻。整个无政府状态下的太子港，根本没有接应系统，救援显得混乱而力不从心，卫生条件之差，随时都有爆发疫情的可能。来自世界各地的救援物资根本无法有序发放，一律遭到哄抢。

在他们到来之前，平义读到过新闻里对当地灾后情况的描述，图片带来的直观，也仅仅停留在一个印刷平面；至于伤亡统计，那只是一个数字，毫无真实感知的数字。直到亲眼所见那一切，才知道是另一回事。失控的人像野兽那样扑过来，全身黑得只见眼白和牙齿，暴烈地冲他叫喊着什么，眼珠快要爆出一样狰狞。有的则刚

① Gap Year：间隔年。

从地下被挖出来，是死是活不知道，全身覆盖着厚厚一层灰尘，连牙齿都看不见，如同陶俑。几具缺少部件的残破尸体堆在一边，无人理会。壮年男子们持着手枪，见到东西就抢，他们追上一辆货车，跳上去把一箱箱饼干和水往下面扔。箱子砸中一个妇女，妇女应声而倒，冲妇女哭奔而来的一个小孩，则被混乱的人群踩在脚下。平义盯着那个孩子大声呼救，但他几乎冲不过去，没有人听到他的呼喊，甚至没人当他存在。小孩趴在地上不动了。

他没见过这种阵仗，只感到肾上腺素一阵阵往上涌，双手抖得厉害。

他们只有一辆车，好不容易将人和物品都运载上去，开到一半却突然爆胎，甩出道路三十米远，撞上坍圮的墙，还好没有出人命。技术员和司机跳下来，拼命抢修汽车。货物甩了一地，一群野兽一样的难民冲过来，疯抢一通。平义冲下去阻拦，极度混乱中他被钝物砸得头破血流，但他几乎没有感觉到痛，以为是汗水，抹了几下，过了一会儿才发现手上猩红一片，血像汗一样从睫毛上滴下来。

他大叫着："药品！药品！不是食物！不是食物！"但人们不管，他们拿去也没用的东西，也抢。

好不容易保住了大部分药品，这边厢，汽车损坏严重，修不好了，只能在原地等待续接车辆。烈日下，时间一分一秒过去，干冰保存箱内的药品再不进行冷藏，就要失效了。他们坐在原地守着物资，一个同事帮平义简单处理伤口。

等第二辆救援车辆赶来，已经是傍晚。将物品运到医院冷藏储存好、编目、登记，还没弄完，就到了半夜。临时医院的柴油发电机超负荷运转，下午已经坏过两次了。唯一一名技术员为了维持供电、供水，几乎三天三夜没睡觉，眼睛里全是通红的血丝。

平义这时才知道，自己犹如《牛虻》中那个除了有一双会弹琴的手之外一无所长的青年，能做的事如此有限，能不给他们添麻烦，已经是最大的帮助了。

“今天我见到了地狱。”

平义在日记本里写着，刚写完这一句话，才发现自己双手颤抖，几近握不住笔。搬了一天的物品、病人、尸体，双臂几乎废了。

一位来自比利时的同事走过来，为他消毒，重新包扎头上的伤口。一夜忙碌，他都没来得及处理伤口。等她仔细为他消了毒，包扎好，问他：“你感觉怎么样了？”才发现，平义已经原地睡着了。

在太子港，他待了三个月。没来得及适应这里，就加班加点开始工作了。无国界医生前线团队的岗位各有专攻。平义作为财政人员，负责拟定财务预算和撰写财务计划，控制预算，监督、训练和管理员工，还有办公室管理和日常行政等工作。每次疫情突发，大量物资采购需要，在混乱狼藉的太子港运送大批金钱，都忙得人仰马翻，心惊胆战。除了他之外，另外一名来自台湾的后勤人员负责安装供水系统、过滤系统，维修天线、通信设备，修发电机。每天整理药品和医疗器械库存，向总部订购缺需的物资，确保及时供应，还有层出不穷的粗活儿、杂活儿和意外情况等着他们处理。就在那座临时医院，平义亲眼见着孩子的腿被截肢，术后睁着圆圆的眼睛极其无辜地看着他；亲眼见着因产道被压迫过久而患上阴道瘘管病的妇女，下身感染散发恶臭，撩起衣服来全身都是被丈夫暴打过后的青一块紫一块；亲身经历霍乱疫情暴发，病人睡在床上，悄无声息，脸上爬着几只苍蝇，不知道什么时候已经死了。

驻地供水有限，就连工作人员身上也经常臭得像只野兽，汗渍在衣服上结晶成灰白色的盐屑。平义头发长长了，变成披头士那样的发型，经常油腻得可以炒菜。露出来的皮肤晒脱了好几次皮，变得黝黑。脱下衣服洗澡的时候，身上皮肤呈现出清晰的T恤晒痕。人也瘦了十几斤。由于缺乏蔬菜和水果，平义嘴角长期溃疡，便秘得厉害。

一生都没有见过这么多生老病死，但是他却没有时间去感受，因为太忙碌，太疲惫，每晚干完活儿，累得坐在椅子上就能睡着。他只给邱天写过一封信，是他突然发了高烧，刚刚好转的时候。那天他难得休息了一天，竟然第一次看到太子港的日落。那轮落日如此鲜红、壮丽，正缓缓沉入海平线。若不是因为眼前的灾后惨状，那应该是一场美景。

就着这美丽落日，他吃到了一点白水煮的青菜，感觉这是全世界最美味的一顿晚餐。从前他多讨厌吃菜，现在太久没见着新鲜蔬菜了，溃疡得嘴唇上全是燎泡，痛得几乎无法开口说话，严重的便秘也已经无法忍受。

他就着落日，找了支笔，在病历单背后写了一封很短的信给邱天，说："等我从海地回去，我一定要去见你。"

由于控制及时，震后霍乱疫情没有大规模扩散。为避免救援人员在同一地点承受太长时间的高压工作，无国界医生的紧急医疗任务以三个月为上限。三个月后，太子港仍是一片废墟，政府低效，重建工作还没见影子，但伤亡救援已告一段落。总部派了新的团队接手长期医疗工作，平义他们在等待被分派到其他地区。抓着这个间隙，平义第一时间订了机票飞往苏黎世。

十多个小时的飞行，跨越茫茫大西洋。夜里，机舱里熄了灯。他朝舷窗外偶然一望，看到黑暗无边的洋面，突然有一片璀璨灯火，诡异至极，又壮丽得不可思议，像一片星辰坠落至此。邻座的人对他说，那是美军基地。

漫长的旅途中，他昏睡过去又醒来，混混沌沌，回想过去这三个月梦一样的日子，感觉像乘坐一辆破得快散架的卡车，昼夜在凹凸坎坷的山路上狂颠。他是把一生要见着的生老病死都见了。眼下他只觉得，能好好洗一次澡，喝一盆青菜汤，吃上几个水果，痛快地排一次便，睡一个整觉，就是最大的幸福了。

又是在苏黎世，平义风尘仆仆地，只带了一个包，在机场见到邱天。

她几乎没能认出他。海地三个月，他一下子老了十岁似的，皮肤又黑又糙，嘴上全是燎泡、结痂。她摸着他凌乱的长发，说："带你去剪剪。"

他说："算了，不用了。你就在家里给我剪吧。"

那个晚上在她的家里，她给他剪头发。邱天说："你还真找对人了。这些年我都是自己给自己剪头发。这里的理发店贵不说，还总是剪不好。"

他脖子上围着一块布，闭上眼睛，碎发纷纷落下。依稀闻见阳台上迷迭香的味道。晚风自利马特河吹拂而来，那气息如此熟悉，叫他突然想念雾江。

就这样，他说："邱天，我们结婚吧。"

第十二章

1.

时间过得如此之快，我感觉还什么都没有发生，不过是些平平淡淡的面孔和平平淡淡的日子，突然间就快要到三十岁了。说起来，仿佛只是一瞬间。我终于明白古人说的，光阴似箭，如白驹过隙——因为，再过一段从出生到现在这么长的时间，我就快要六十岁了。

而再过一段这么长的时间——如果还能的话——我将快要九十岁了。

当忽然明白，我已经失去了人生的三分之一，甚至二分之一的时候，我才开始有了一种惊慌，像一个乱了阵脚的罪人，跪下来疯狂扒开埋藏在灰土中的罪证。那些大大小小的错误、失败的抉择、一事无成的日子……一一浮现。

而轰轰烈烈的时代，只像夜晚的灯影，如梦如幻，映在我的脸上。

虽然我明白，在我决定考公务员的那一刻，我就已经接受了此生平凡这个定局，但也许是因为对远方还存有一丝向往，我始终没有放弃写作。

可能只是写作这件事，让我感觉我存在于这个世间，可以留下一点什么。夸张地讲，写作令我像一个理想的卧底，潜伏在生活中，隐姓埋名，忠于某个模糊的看不见的信仰。那么多个夜晚，在办公室坐了一整天，坐得腰酸背痛，熬到下班，终于可以收起赔了一整天的笑脸，收起一桌满是鲜红大章的文件，关上电脑，回家。也只有在下班后回家的那一点点时间里，我是自由的，我像上晚自习一样继续写作。不像其他自由职业者，有的每天能写两万字，在网站上天天更新。我做不到。做不到，就意味着我不可能有丰厚收入，经济情况时好时坏。但大约是上帝怜爱无心插柳的人，我并未奢望任何结果，反而总有回报细水长流一般来到。

单位上分了新房子，比市价便宜很多。父母也搬离了厂子，到新房子来和我一起住。房子，大概是我选择做公务员之后唯一一个好处（剩下的好处，大概只能等我养老的时候才能看到，如果那时候，这备受指摘的双轨制还有效的话），否则，我真的不知道，凭我一个月两千元的薪水，我何时才能买得起一套房子。

首付依然是父母挤出来替我凑的，我单位里拿的薪水都拿来支付按揭了，剩下的部分，靠零星的写作支撑。

和父母一起住，由此我得以每天吃到父母做的可口饭菜，安安心心在每天的小饭桌上，看到他们的皱纹、白发，像年轮一样慢慢增长，整饬而美丽。是的，这也就将是我的，此生平凡的定局之一。

但我明白，其实我甘心这平凡的生活，因为不平凡的生活，代价太大，我没有支付的能力。

听说厂子快拆了，要开辟成一个大型楼盘，叫“云庭·枫宸”。因为这件事，父母寡淡的生活中陡然有了新的内容，每天都会坐一趟公共汽车，从城西穿到城东，去看我们曾经的厂子，关心居民区的拆迁之事。

那天我正在上班，母亲打来电话，声音又嘈杂又激动，我以为她或父亲突然病倒了，正在担心，却听到她说：“你听！你听啊！厂子拆了！”

我听到手机那端全是嘈杂得分不清的声音，隐隐有轰的一声，只能耐着性子对她说：“好啦，我知道啦。拆了就拆了嘛。”

可我没想到，母亲在电话那头的声音突然带了哭腔，她失了魂似的说：“没了……都没了……你又没有赶回来，连最后一眼都没有看上……”

她说得仿佛我错过了一个亲人的去世。

我黯然挂掉电话，回到办公室坐定。是的……一生中太多事，没来得及看最后一眼，就没了——而我总是不知道，我没能看上的，是最后一眼。

2.

单位里人事变动，把我抽调去搞一个大型项目。没完没了的会议，大大小小的领导，吃喝拉撒都要管，个个都得罪不起。该上头做的事，推给下属，下属再推给下属，最后全都堆在我手上。折腾得我连续加班两个月，两个月来没有休过一个周末。

那是骨头都要散架的累法。吃大锅饭的，能不干就不干，能溜边儿就溜边儿，一个帮忙的都叫不到。有人后台够硬，吊着一份闲职，一年只来单位上三个月的班，打打照面儿，意思意思，其余时间都待在国外，照顾他们在那边读高中的儿女，工资和福利一样不落。对此，无人敢过问。

而对我来说，早已习惯了不公平，怨言无法改变什么，于是连说都懒得说了。

每天忙到夜里两点上床，早晨六点醒来。劳碌命就是这样，明明筋疲力尽，但心里挂着事儿，就睡不着。闹钟定在六点半，却总是在六点就醒来，默默关上它，起床，头疼欲裂地刷牙，换衣。

带着上坟一般的心情，去上班。

那天加班到晚上十点，收拾东西回家。走出大楼，抬头一看，月光清寒，只一镰皎光，静静悬着。暗蓝苍穹，层云如海。不知怎的，想起诗人的一句“天空一无所有，为何给我安慰”，眼底微微一阵发潮。

月色至静，而办公楼门口的空地上，一台破收音机嚷着俗不可耐的音乐，一群大妈在欢快地跳健身操。她们围成一大圈，平举双手，一个接一个，缓缓绕圈转动。她们的表情如此欢快，看上去很无辜。而我却在想——如果这辈子就是这样，从青春到暮年，不过每天上班下班，退休了在空地上跳跳“坝坝舞”，是不是等于白活了。

夜里我做了一个梦。受够了，真的受够了。我对狗日的工作骂了一句“滚你丫的”，然后连辞职信都没有写，一走了之，在阳光充沛的海滩上冲浪，在茫茫海面扬帆远航，去往南太平洋一个杳无人迹的荒岛。航行中，一片水清天澈的汪洋，什么声音都听不见，只有碎浪拍打船舷的声音。时至傍晚，云朵瑰丽而恢宏，大片大片，落得极低极低。从未见过这么低的天——我站在甲板上，望见海面和天空如此贴近，仿佛一道正在渐渐闭合的巨型岩缝，而我正在朝这个巨型岩缝的最深处行进。

天海一线，壮阔得令人屏息。

过于壮阔，以至于让我在这里醒来，突然睡不着了。梦境像散沙一样分崩离析，消失了。

醒来后，周遭是固体一般密实的黑暗，一个再普通不过的失眠之夜，明天还是上班日。哪来什么冲浪、航海，只有一只蚊子的声音在耳边撩了一声，我本能地伸手一拍，就这样给了自己一耳光。而短暂的蛰伏之后，蚊子的声音，又撩了起来。

失眠，像一个七十岁的人和一个七岁的人玩捉迷藏。触手可及，又气喘吁吁，好费劲。

3.

翌日我头昏脑胀，出去办事。正值夏天，天气很热，晒得人发晕。我站在路边准备打车，一辆黑色轿车停到我面前，有人摇下车窗，一张笑脸让我很意外，是白杨。

虽然同在雾江老家，但我们其实很少见面。

她笑着和我打招呼，要我上车。我再往里面一看，就看到驾驶座上的弹簧。他的手举过头顶，敬礼似的，朝我示意。

我上车，车内阴暗，冷气十足，新皮具的味道很浓。

他们问我：“去哪儿呢？”

我说："去市人才交流中心。"

"你要换工作呢？"

"不是，有个新进的外聘人员调档说弄丢了，得亲自去问问。"

"读书就是好啊，还有档案，我们的档案……在哪儿啊没听过……老谭，你档案在哪儿？"白杨用手戳弹簧的胳膊，轻佻而撒娇。我从后面能看到弹簧的脸颊有笑意，但他开着车，没理她。

白杨穿着吊带背心，雪白的肩头像一只贝壳，在前座的皮椅子上露了一角，动来动去。我盯着它发神。

"你们俩这是去干吗呢？"我问。

"去吃饭。"

我低头一看表，下午两点半。

我说："怎么现在才去吃饭？"

他们就笑，略带掩饰地说："起晚了。"

"哎哟喂……你们俩……厉害啊，弹簧……你把白——"我觉察出什么，正要使坏，白杨即刻从前座转过身来，狡黠而撒娇地冲着我，噘着嘴唇，竖起食指，比出一个"嘘——"的姿势。

弹簧一句话也没说。

我为了配合她，便做出一个"噢"的口型，略抬起下巴，夸张地表示恍然大悟。

"天气真热啊……"我生硬地掉转话题，头朝窗外，自言自语。

开到目的地，我道了谢，下了车。进入人才交流中心，里面求职者挤得满满当当，都是些年轻而茫然的脸，我依稀看到了曾经的我。拉开大门的瞬间，一股经过密封酝酿的浓浓汗味叫我差点晕过去。办那么点儿小事竟然折腾了一下午，回到家，都饿了。

吃完晚饭，母亲坚持要我和她一起出去散散步。

她说："你多久没见过雾江了？天天下班回来就在家里待着。跟我出去走走。"

在雾江边上，远远地望见对岸万家灯火，一盏灯就是一则故事，如此繁华而落寞，叫人敬畏。黑暗中江水如玄色绸缎，微微荡漾。远远地，传来挖沙船的轰鸣声，类似某种异兽的嘶鸣，从童年深处传来，如此遥远，如此熟悉。

母亲老了，走得慢。我扶着她，走得更慢。

突然才发现，走得慢，更容易累。因为不借惯性，每一步都是认真的，认真就容易沉重。

我很多年没有和母亲挨得这样近了，有种不知何处而来的情怯以及不安感，冥冥之中恍觉自己错失了很多光阴，她的生命正在远离我，已经隔了很长一段了，再多一段，我就要永远地失去她，而对这一切，我还浑然不知。

她碎碎地说了一些无关紧要的家常，弯子绕完了，不出所料，开始关心起我的感情生活。

4.

中国人的价值观和人生道路如此地整齐划一，实在叫人匪夷所思。考好大学，找好工作，买房买车，结婚，生子。再叫孩子考好大学，找好工作，买房买车，结婚，生子。

任何一个环节没有跟上，就好像你在搞邪教似的，每个人都来劝你赶紧回归正轨，切勿执迷不悟。

在单位，每个月都有好事者积极地给我介绍对象，一个不成再介绍一个，实在是令我头疼得不行。

更令人头疼的是，如今再不会认为不找异性是洁身自好了，流言蜚语总会把你往性取向的问题，甚至更离谱的问题上靠拢。所以，当单位里最年轻的实习生小伙子以极为暧昧的态度约我单独吃饭的时候，我感到百口莫辩。

母亲说："你啊，什么都让我放心，就是……怎么老不成家呢？以你的条件，这么稳定的工作，挑个姑娘也不难啊……你看人家——"

这么多年了，他们竟然还没改掉"你看人家"这句口头禅。

我打断她，说："妈！别看人家了行不行？你看我这不是过得好好的嘛。"

我心里烦躁起来，不愿意和母亲聊下去。

不知是否人越亲，越充满禁忌。内心最深处的一些秘密——可以在深夜打电话给电台主持人；可以匿名在网上"噼里啪啦"发一串帖子；可以写信给某个素未谋面的笔友、作者，而不关心他是否收得到，但无法对近在咫尺的亲人娓娓道来。一个人的生活中，亲人总是最近，也是最遥远的，想来很悲哀。

其实我也不明白为什么我一直无法再和别人相爱，即使柔山这个名字，提起来，都已经像前世那样遥远。

年岁渐长，让我有一种对感情的疲倦，一想到要和另外一个人从头来过，从相识到相知，相互交换并复习彼此的历史，身心慢慢磨合……就觉得又累又烦，提不起精神。

我当然不能和母亲说柔山了，当然不能。尽管在柔山那里失恋的时候，我曾有过那样强大的冲动，打个电话回家，和关爱我的亲人聊聊，用他们的一句安慰稀释那些伤心。但忍住了那样的冲动，一个人走了过来，回头想想，也不过如此。

母亲未能从我这里套得什么近况，也就作罢，空洞地老生常谈了一番，便快要走回家了。

白杨却突然给我打电话。铃声大作，我接起电话来，她以慵懒的声音，约我出去吃夜宵。

“陪我聊聊吧。”她突然有种恳切，让我为难。我说：“一会儿我再回你。”便挂了。

母亲看着我，问：“谁哪？”

我说：“老同学。约我聊聊天。”

母亲缓缓松开我的手，轻轻拍了拍我的小臂，带着一种努力尝试去理解年轻人世界之后而不得的疲倦，说：“你去吧，我先回去了。”

我赶到约定地点时，她正独坐在麻辣烫摊子的小矮凳上，低头查看自己的脚踝。

我上前，她抬起了头，很自然地招呼我：“来了啊？坐。”

“吃什么？去那儿挑吧。”她下巴抬了抬，把目光投向摆满各种串儿的摊子。

我摇头，说：“饱的。”

她倒也不跟我客气，就自顾自喝玻璃瓶装的可乐。

“怎么样？”

“什么怎么样？”

“你刚才电话里不是说和我聊聊吗？”

“噢……那个啊……别急嘛……”她好像已没了电话里那种恳切。

夜风温柔，趿着拖鞋，穿着T恤短裤坐在小吃摊儿上，其实很惬意。热情的店主端来了一盘烫好的串儿，白杨红光满面地接过来，腰板挺直，一副开吃的架势。

我坐在她对面，看着她。又是好几年了，我眼前晃过她红着眼睛在我身边抄作业的样子，好像就在昨天。

白杨边吃边攥着纸巾擦汗，嘴角染了一点红的辣椒，浑然不觉。我也没有提醒她，只管店主要了一瓶水，小口小口喝。

她嘴里还嚼着东西，突然问我："你觉得弹簧人怎么样？"

我一愣："挺好的啊。"

"别敷衍我。我是说，值不值得嫁？"

我眼皮抬起来，望着她，说："我怎么知道？"

她辣得不行，吐着舌头直摇头，伸手徒劳地在嘴巴前面扇动，令我质疑这场对话的必要性。

她猛喝几口水，说："我打算跟他结婚了。"

"嗯。"

"你嗯是什么意思啊？"

"没意思啊……可你不是之前都跟陈臣吗——"

"唉，算了，你别提他了。"

"怎么了你们？"

"……要啤酒吗？"白杨突然问我。我被她的随意给弄糊涂了，点了点头，说："好吧，来两瓶。"

她转身回头大声叫："老板！两瓶啤酒！冻的！"

5.

这将是一场辛苦的对话，我做好心理准备，伸了个懒腰，不咸不淡地说：“看你吧，找个对自己好的，没什么错。”

她说：“初中毕业那会儿，他去卖血，送我一条裙子。”

“这我还真不知道。”

“那裙子我都没穿过，就跟陈臣在一起了。后来，你们都考上大学外出读书了，我出去打工也没混出个人样来，已经对自己无所谓了。爱怎么样就怎么样吧。无所谓。”

“你才多年轻啊，就说什么无所谓。”

“年轻才无所谓，你不觉得吗？那时我才十八岁。”她说着，眼神迷离，目光像一块软软的毯子覆盖在我身上。她张开了右手的虎口，冲我比了一个八，软软的，手又耷拉下去了。

“我也是想着，反正都没药可教了，随便找个人嫁了吧，就跟老唐结婚了——就是你之前见过的那个。他吧……也不是人不好，就是跟我一样不上进。我一女的，也就算了；他一大男人，成天打牌……唉。我爸妈天天那个念啊，念，念得我根本不想回娘家。当初结婚的时候他们就反对，最后是不管我死活了。

“我跟老唐也真是……贫贱夫妻百事哀啊。开店赚不到钱，房租是三年都交出去了，还不谈装修，不谈买那些杂七杂八的设备、水电费……到现在还亏得一塌糊涂。

“后来陈臣回来了一次，我就乱了。这么多年，我还是过不了他那一关。”

白杨越说越轻，沉默下来。

这话如此熟悉，是谁对我说过。“不是你过不了他那一关，是你过不了你给过的心。”我也如是对她重复道。

白杨盯着盘子里的肉串儿，一脸黯然，说：“邵然啊，我真心觉得，一辈子，不是跟这个，就是跟那个，有什么区别？

“弹簧这人吧，这么多年，他对我也算有情有义了。以前，弹簧知道我跟老唐过得紧巴巴的，就经常带我出去吃吃饭，还给我买东西，要我穿好看点儿。我老公知道了吧，就没完没了地跟我吵啊吵，说我看不起他，说我劈腿。我那个气啊。我就想，我都跟了你了我能看不起你吗？还不是他心虚，自己都看不起自己，你说是吧？有次又吵架，我就直接跟他摊牌了，我说：‘老唐，你别傻了，我劈腿的，不是弹簧，是陈臣。’

“老唐脸都绿了，把店里的东西都砸了，说我要遭报应的。

“然后，我们就离了。”

我不吭声，由她继续说。

“我是真的伤心。陈臣一年才回来一两次，我们就好一个星期，除了上床还是上床。一个星期之后他就会走。我知道他在背后干什么，他是靠吃软饭挣钱的，我其实最看不起这个。但你知道最痛苦的是什么吗？最痛苦的就是，我这么爱一个我看不起的人。

“真没指望他给我婚姻，他怕什么呢怕，怕我缠着他不成——每次他一走，就装得跟什么都没发生似的，我真的受不了。一个大男人，太不磊落了。憋着这个事儿我难受啊，又没法跟家人说，又没法跟老唐说。弹簧其实什么都知道的，什么——都——知道。”

听白杨这样说，我心里突然感觉被什么击中似的，记忆变得格外鲜艳，纷纷复活一样，令我胸口绞痛，但我仍然默不作声，听着她继续说——

“其实陈臣的脾气跟他爸一模一样，暴躁得很。有时候嫌我管多了，两句话不对，跳起来跟我吵，还动手。真的跟他爸一模一样。

“我跟老唐离婚之后，单了很久。弹簧也不催我，他也在外面忙生意，但他照顾我，给我钱。我觉得我早就是他的女人了。

“有一次，他出去做个项目，在上海，突然急性阑尾炎做手术，进了医院。我飞过去陪他，照顾他，直到他把病治好。

“回到雾江，他抱着我，说：‘跟我过吧，我想照顾你一辈子。我也想你照顾我一辈子，我从十二岁就想。’”

为了不打扰她的倾诉欲，我始终保持缄默。

白杨继续道：“我就开涮他，我说：‘你别装了，你没结婚，但你睡过多少女人，你以为我不知道？’他跟我说：‘我又不是和尚，我早都把女人睡得都不想睡了，你该高兴，我真的已经过了随便就对女人感兴趣的时候了。总比我结了婚，还在外面乱来，要好吧？我是真的想定下来了。’

“我想起那会儿，陈臣他不是花吗，老是气我，对我不好。弹簧每次回来都打听我的消息，还替我出气。我那时傻，还去骂他，叫他别多管闲事，其实人家是为我好。

“他真的很能干啊，有谁能想象，最后把厂子给拆了重新盖房子的人，就是他弹簧。”

白杨一边摇头，一边把最后一串藕片吃了，好像刚才那番话，彻彻底底是别人的故事，跟自己无关。

我的眼光因为疲倦而垂下来，盯着她细小的脚踝，被凉鞋鞋带勒出了浅浅的印子；红色的指甲油斑驳脱落；鞋尖露出的一小块底儿，已经脏了。但我承认眼泪使她看上去更年轻、更纯真，好像岁月的尘埃都被洗濯而去。

她擤了一下鼻子，提了一口气，眼睛朝右边的方向望去，目光虚无，似有似无地说："你是不是觉得我特别贱？"

"当然没有了。"我安慰她。

"我只能跟他结婚，我没地方可去。以前我想着，在外边受的委屈够多了，巴望着回娘家有个安慰。可我一回娘家呢，就是我爸妈的脸色，好像我不是他们亲生的，好像我干了什么丢人的事情，扫帚倒了没扶起来，都能把我骂成白眼狼。"

白杨盯着我，说："你知道吗，当你爸妈都骂你是'贱货''赔钱货'的时候，你就真的觉得活着没意思了，真的。我看你家里一直挺好的，你肯定跟爸妈什么都聊，不懂那种感觉。我就不明白，为什么电影里边，人家外国孩子都是宝贝，动不动就'你真棒'，怎么我们中国的这些当爹当妈的，就成天都垮着一张脸呢？这儿不对，那儿不对，你看人家这个，你看人家那个……就跟自己孩子是个累赘、是个祸害似的。"

我没法再沉默了，赶紧劝她："我可没跟我爸妈好到哪儿去啊。我小时候爸妈天天提着我的耳朵跟我说'你看人家陈臣'，后来是'你看人家李平义'——父母心嘛，其实也可怜。他们的期望……那是无底洞。我妈总说我'你怎么老吃别人家的饭香'，我还想说呢，'你怎么老说别人家孩子好'。话说回来，那都是多久之前的事儿了，你别跟父母生气了，他们那是恨铁不成钢，是气话，你怎么揪着他们一句气话不放呢！再说，也不是每个家里都这样的。"

“是……我就知道是我倒霉，摊上这样的父母；我父母也倒霉，摊上这么个我。恨铁不成钢，那也要把我看成一块铁啊！我觉得在他们眼里，我压根儿就是一块破砖头！”

她吃到这儿，突然没了胃口似的，把竹签往盘子上一扔，又喝了几大口酒。像定了选哪张彩票似的，说：“就这么定了！跟弹簧！以后不换了！他现在有钱了，对我又好，也知根知底。早点把借父母的钱还了，也就不欠他们什么了。”

6.

我坐着，静静听白杨说话，就这么一句句地，半打啤酒说没了。

电话响了，她擦干眼泪，摸出来看了一眼，对我说“是弹簧”，就接了起来。

我对她比了一个去上厕所的手势，趁机赶紧去放水——为了不扫她说话的兴，我已经憋了很久了。

等我上完厕所回来，她已打完了电话，对我说：“弹簧一会儿就来接我回去。他也是应酬刚完……”

我赶紧说：“也不早了，不然我就先走了吧。他来了你们就好好聊吧，我不当灯泡。”

白杨却不依，一把拉住我，直直盯着我。她醉了，眼神如三月烟雨，淋漓尽致的温柔与盼望，如此熟悉，如此陌生，一瞬间令我想起曾经的柔山。我突然不忍，心里像被划过一刀，脑中一瞬间空白，生生被她拉得坐下来，离她更近了。她小鸟依人，把头靠在我的肩膀上，说：“头晕。”

我不好意思动，又不好意思不动，正在坐立不安，看见弹簧来了，我像看见救兵似的，伸手猛给他打招呼。

没想到他也喝醉了。

刚从饭局出来，一身酒气，比我们还浓。人喝醉了没有分寸：弹簧热情得过了头，几近蛮横，把我拉住，非得说再去喝喝茶，醒醒酒。

结果走了几条街，茶楼都满了。我们走不动了，一屁股坐在马路边的花坛沿儿上，顶着一头路灯灯光和灯光中盲目盘旋的蚊虫，毫无顾忌地颓坐，叉开腿，喘气。

弹簧大声说："邵然啊，十多年啦，我可算追到我家小白了。"他搂着昏昏软软的白杨，志得意满。

"你小子看不出来……是个大情种啊……弹簧……"我调笑他。

而他在那昏黄的满是蚊虫飞舞的灯光中，突然露出疲惫之色，带着兴奋过后的颓丧，自言自语说："我看着白杨过成那样子，不忍心。当初她多漂亮啊，我看她过得不好……不忍心……"

他说了好几遍不忍心，脖子耷拉着，摇着头，瞬间让我感觉他的身心仿佛还未成熟就已老去，像一个青的香蕉，摘得太早，扔进果盘里搁久了，皮虽已发黄发黑，剥开一尝，内里却还是未熟的涩味儿。

"我知道你们当初都看不起我。我知道。但好歹啊，我还算挣回了一张面子……赢了白杨，我就觉得值了。以前过的那是什么狗日子啊？提着脑袋往刀尖上瞎跑。有时候想想，也不知道图什么，总觉得对不起自己。"

夏日夜晚，我又困又乏，哈欠打得眼泪直转，却使他们误以为我为他们的故事感动至热泪盈眶——其实我已听不清他自言自语说的是什么了。

只觉得，原来每个人的历史一铺展开来，都是一天一地的斑斓璀璨。像是在什么也看不见的城市夜空中，重重灯幕雾霾之后，其实有无数星星，每颗星星都在闪光，都在遵循不同的轨道，有不同的引力，属于不同的星系。

在这繁华的人世以前，天空清澈，大地翠绿，没有人类，没有爱恨情仇，一切是干干净净的原始。在人类创造了这么大的世界，这么多历史，这么多爱恨情仇之后，天空渐渐变成今夜的模样，混浊而迷蒙，正如红尘滚滚，掩埋着无数渺小的我们自己。

7.

次年春节，还是在老家雾江，我遇到陈臣——居然就在公共墓地，大年初一。

他来给父亲扫墓，母亲陪在身边。中国的扫墓就是这样，毫无肃穆可言。在我见过了世界各地的墓地之后，不由得想，我的祖先该是多么害怕寂寞多么害怕冷清的民族——连死亡，都要轰轰烈烈，热热闹闹。

在他乡，再无比墓地更安静更肃穆的地方了。鲜花和蜡烛放在墓前，已是最热闹的祭奠。前来哀悼的人们，害怕吵醒熟睡的逝者，永远悄悄私语。

而在家乡，每年大年初一给外公外婆扫墓，鞭炮声十里之外可闻，四下弥漫着一片蓝色烟雾，刺鼻的硝石、硫黄气味，爆竹的红色覆膜炸成碎片，散落一地，声音一串接一串，“噼里啪啦”回荡。尘嚣之中，更显凄凉。

墓地和当今的小区居民楼一样密集、拥挤，只留下墓碑与墓碑之间一条小小的过道。我忽然觉得，活在中国，生死之间，原来没有差别：都是一样的拥挤嘈杂，生前这样，死后还是这样。

我便是在那里，撞见陈臣。他发型、穿着变了很多，样子变得我差点没有认出来。陈臣眼睛通红，不知是被硝烟刺激还是因为情绪所致。这些年来他一向派头十足，回来一次一个样儿。虽然我大抵明白了他的路数是怎么回事，但在这个只看结果不看过程的世界上，我无话可说。

他明显没看到我。我径直走过去拍他的肩膀："陈臣！"

他略带一丝犹疑，说："邵然！"

"回来了啊？"我的热情与他的回避显得格格不入。

"就来烧个纸。"

"你现在在哪儿啊？"

我们短短对话，已经堵住了窄窄的过道，来来往往的人向我们投以抱怨。陈臣潦草地敷衍，说："就在家啊。"

"后天弹簧的婚礼，你来不啊你？"

话音未落，我们就被挤散了。他没有回答我。

我一向抗拒中式婚宴的欢闹场面，觉得那虚浮繁华背后，空空如也，叫人莫名感伤。

但毕竟是弹簧结婚，新娘又是老同桌，我就还是去了。在餐厅门口，新婚小两口肩并肩站在一起迎客，脸都笑僵了。

弹簧穿了西装，打领带，俨然一派老板模样，可是由于我对他的记忆只停留在那个蹲在家门口吞饭的小子身上，所以感觉很滑稽；新娘白杨，浓妆厚厚一层，华丽婚纱披着，几乎已经认不出她来——女人在浓妆和盛装的包裹下，全都一模一样。

偌大的餐厅，张灯结彩，一片喜红。十几桌客，喧喧嚷嚷，互不相识。我们老同学被安排在一起，但整整一张桌子，只有我一个人坐着。正在担心是否要落单，还好平义和邱天来了。陆陆续续又有一些老同学赶到，大家坐在一起，只是不见陈臣。

彼此互相不熟，我只能和平义、邱天说说话。另外几人打过招呼之后，彼此也就无话可说了。他们低头玩手机，头也未抬。

百无聊赖，我的目光向人群扫去。客人们都坐下了，弹簧和白杨站在台上，被司仪摆弄，各种低俗调笑，倒也热闹，四下一片俗世欢喜场面。旧同学重逢，都成了游子，都知道了天地之大，雾江再也拴不住他们。本以为又是好几年不见，彼此相会会很精彩，事实却不如我想象的那样。生活的变化就这样拉开彼此的距离，我们就如此溶解在命运之中，面目全非，无迹可寻。

司仪够啰唆，弹簧和白杨的婚礼过场终于走完，我们早都饿了，开始忙着夹菜吃饭。白杨挽着弹簧的胳膊，一直在大厅中穿梭，挨桌敬酒。等他们走到我们这桌来的时候，白杨和我们这些老面孔打招呼，笑容却凝固在看见陈臣的时刻。

陈臣到底还是来了。他大约混得更好了，一身耀眼，坐在我们中间，派头十足。

那瞬间她端着酒杯，目光像一星烛火突然被风撩动，意涵万千，点燃了往事。很快风止而烛静，她的目光又黯然了下去，在一种复杂的平静中，低头喝了酒。

陈臣看着她，礼貌微笑，端起杯，轻轻举了一下，以目光敬了她的酒，什么也没说。

我分明想起多年前的情形来——他父亲把他从家里的床上捉下来，在大冬天晚上提到我们家门口，叫嚣要挨家挨户羞辱他。他全身只有一条内裤，冻得发抖，被揍得满脸是泪。

看到他们以沉默为往事干杯，我隐隐感觉我们开始了老去的第一天。

8.

从婚宴上走出来，一个身影站在停车场，双手插兜，望着我。

我惊讶地叫出声来："游冬？！你怎么来这儿了？"

他朝我一笑，我走近前去。好久不见，他留了胡子，面颊像被砍进去那样，瘦得棱角分明。他依然在美国，当年父母落马之后，他读不起纽约的学校了，退了学，在阿拉巴马州重新申请了一个大学，拿了全奖，本科毕业之后，又硕博连读。

我怎么也想不到，朋友当中最后一个一直往下读书的学术男，竟然是他游冬。

我问他："最近怎么样？"

他笑笑，说："还行。"

这一笑，眉宇间轻轻皱了一下，省略多少个中周折，一切自不用说。

在阿拉巴马州的日子，他没了车，寸步难行，每个星期得厚着脸皮蹭室友的车去大型超市购物，买足一周的生活必需品，酸奶、水果、蔬菜、面包、牛肉、鸡蛋、卷筒纸、洗发水。室友是基督徒，每个礼拜日在去超市之前都去教堂做弥撒，听布道，所以，游冬也就被迫跟着一起去。时间长了，他信了教，受了洗。

他曾经对我说，信主之后，心里预存了很多很多的原谅，每遇到一件让人生气或失望的事，就取出事先准备好的一份原谅来给它贴上，这样，也就没有什么负面的事还能侵入心里了。

他抬起头看着我，说："我过得很好。"

我将他带到餐厅楼上的茶室，坐下聊天。

"正好你回来了，一会儿我就去把剩下的钱还给你。真没用啊，都多少年前的事儿了，那笔钱才还完。谢谢你肯借我。钱果然是人性的试纸。"

他明显没有想这件事，大方地一笑而过，问我："你和柔山还有联系吗？"

我听到她的名字，心底已无波澜。侧过脸去望着窗外，目光游荡在一片斑驳树影中，若无其事地说："早没了。"

窗外传来一阵远处的警笛声，乌拉拉飘过去，有那么一瞬间让人疑心这是在纽约。

我问他："你父母好吗？"

他说："每次回来就看望他们一次。还好。"

他低着头喝咖啡，没再说话。谈话短暂停顿，陷入极微妙的氛围。

末了，游冬突然对我说："我找到当初举报他们的人了。"

我一惊，说："谁啊？"

他看了我一眼，目光移向窗外，说："就是今天的新郎。谭黄。"

我的目光从杯口抬起来，盯着游冬，愣在那里，反复确认他是否在开玩笑。游冬却极其淡然，面无表情，他说："没想到这个世界这么小，是吧？"

"你想怎么办？"我很紧张地问他。

"换作是你，你会怎么办？"他目光如冰冷的钢，望着我。

我摇头，无话可说。

"从前，我觉得我信了主，内心预备了很多原谅，遇到一件事，就贴一份上去，心里就没那么难受了。"他说。

我点头，生怕惊扰了他的话头似的，不敢打断他。

"但这是骗你的，也是骗我自己的。心理学界有一个现象叫作隧道视觉。意思就是说，一个人，眼里只有一件事，只有一个目标和出口，只盯着它笔直冲下去，其余什么都看不见了，也不顾了。"

游冬继续说道："你不知道我这些年怎么过来的……我像个变态杀手那样，找人、找他的踪迹，制订复仇计划。一边制订一边又跟自己说我不能这样，不能这样……但又过一段时间，我还是忍不住，还是想复仇。几年来我只做了这一件事，反反复复。你想象不到的。"他淡淡地说，好像只是一个心理医生在抱怨一个棘手的病人。

我说："游冬，你那条隧道根本没有出口。出口是一堵墙，早就封死了，你撞上去只有完蛋的。"

游冬望着我，极其绝望地说："邵然，刀就在我身上，我折磨我自己八年了，我再不捅他，我就要被我自己捅死了。你不知道我这八年怎么过来的……你没有见过我的父母……在那里面的样子……”

他突然低下头，马上要哭出来的样子，五官都皱了，但没有眼泪。

“我是专门等今天他结婚才来的……可我就站在门口，把他们的婚礼看完了……也没动……然后你们出来了……”

我坐在他对面，一切突如其来，令人无言以对。我说：“游冬，做你内心的主人，别做它的奴隶。”

他低下头来，用一只手撑着额头，另外一只手捏着杯子，手背上青筋暴起。

此情此景令我想起些什么，我对他说——

“游冬，怨恨的力量有多强大，我是知道的，我亲眼见过。跟你说一件事吧，虽然已经过去很久了。也许不能改变你的主意，也可能对你没用，但我觉得，至少我该对你说出来。

“当年我们年级里两个最优秀的男生，一个叫陈臣，一个叫李平义——”

第十三章

1.

在苏黎世见邱天那次，正值复活节休假，最美的人间四月天。

我利用年假去看望她，停留了几天。她的生活业已安定下来，在一家制药公司的总部工作。新药临床试验，跟踪周期常常是几年甚至十几年。厂家研发投入很大，回报慢。欧洲药品管理相对谨慎，批准上市常常迟于同类型新药。抢占不了先机，效益就不突出，比不上那些无良厂家——在非洲、南亚等草菅人命的地方，大规模非法进行新药试验，贿赂第三方评估机构，篡改临床报告以求尽早上市。

她工作卖力，随时都怕失业，命运使她无可选择，必须勤奋。我问她：“一个人……身体不便，为什么要在那么远的地方，一个人待着？”

她抬起头，迎着斑驳的树荫和阳光，说：“像我这样的，在国内，有出路吗？在这里，至少我觉得自己像个人，残障设施总比国内小城市周到，机会也公平一点。而我喜欢小城市，这里都是小城市。”

她坦然，目光挪向四周。

那天我们就这样沿着老城区的利马特河散步，阳光和煦，孩子们滑轮滑，年轻人坐在长椅上接吻，路边有个中亚人在卖艺，用老把戏骗钱，身边还有好几个托儿，围着佯装兴趣浓厚。一瞬间我觉得像极了国内，全球化，不过如此，哪儿都一样。

一路上坡，我推着她，走进苏黎世大学。校园安静多了，阳光清透，树叶绿得发亮，石灰岩铺的人行道，明晃晃的。我推着她走进大学的开放博物馆，三层楼，不大也不小，按类别、年代顺序展览了很多珍贵而精美的标本、化石。她说，以前周末，经常一个人来这里，看标本、化石、看书。一过就是一天。

在博物馆的角落，窗外阳光洒进来，照在她脸上，她的皮肤白皙，几近透明。

她看似不经意，指尖触摸着标本的玻璃盒子，仔细端详，轻轻说：“除了人，地球上曾经有过那么多生命，现在还有那么多生命，你说神奇不神奇。宇宙洪荒，动辄亿万年，几百万光年……我们渺小得一粒灰都不到。

“想想这个，我才不会觉得日子无助，才熬得过来。不然……真的，活着，太多得失，每个人都觉得自己的得失大过了天，一颗心放不平的。”

从博物馆走出来，我们打算吃饭，喝两杯再回去。餐厅、酒吧都贵，消费不起，于是我们只是在超市里面买了打折的水果、面包、优格，坐在店面门口的阳伞下吃完。又买了一瓶红酒，攥着纸杯，散步到公园，坐在河边一边聊一边喝。

夜色温柔，灯火倒映在河岸，随着水波颤动，好似泪光模糊。卖艺的乐手在背后旁若无人地拉小提琴，琴声如一尾风筝飘向空中，辗转悠扬。

在这异乡千里之遥，春风沉醉的夜晚，我们聊着聊着，渐渐无话。好似一种催眠，终于将往事这头咆哮困兽彻底驯服。

它变得像宠物一样温顺，乖乖蹲下、蜷伏，我们终于能放心地解开绳索，不再彼此较劲、彼此挣扎，从此山水相忘。

而它就这样待在原地，看着我们离去。

回到家里，夜已深。她关窗子，然后走去隔壁卧室。我跟随她走进去，见她从衣橱里拿出一个大纸盒，打开来，里面竟然是我们从小到大的通信。

那一刻好像一杯静静的岁月被打翻，洒了我一身，我的心都湿透了。我们坐在床沿上，纷纷翻开来重读。

她边看边说："大学毕业之后，你把我的信都装进纸盒，还给我，说你自己粗心，怕弄丢，要我保存好……"

我点头，说："没想到你出国也一路带着……"

她低头，没看我，说："我这个人本来就没什么可以珍藏的东西。舍不得丢。"

我们不再说话，一封封低头看——原来岁月的种子，不仅撒在我的草地上，也在她的草地上，种下了森林。

小时候的信——那时还是同桌，我在信里其实没什么话可说，摘抄张海迪的励志故事给她，字迹歪歪扭扭，看得我们捧腹大笑。

大二时的来信——她说："坐了太多年，腰肌劳损，坐骨神经痛，完好的那条腿，从腰椎到股骨，一直延伸到大腿外侧、小腿、脚背，都痛，痛得连喷嚏、咳嗽都不敢，一打喷嚏整个下半身就抽痛一次。待在寝室，坐也不是，站也不是，睡也不是，咬着牙哭。"

大约是过于长久的坐姿导致的。她常年静坐、读书、学习，生活没有别的内容。她写："我看身边普通人的喜怒哀乐，觉得可笑，因为我不觉得他们那些感受值得苦痛。寝室的女生失恋，剩余四个人都去安慰她，除了我。也许是我骨子里冷漠吧，我时常想，如果我没有受到命运惩罚，如果我肢体仍然健全……可是，哪有这么多如果。有如果的话，我愿意用她失恋那种痛苦的一百倍，去换回我的腿……失恋有这么值得痛苦吗？我连去恋爱的机会都被剥夺了……她是因为没有鞋子而哭，体会不到，没有腿是什么感受……"

那时的我，还是在篮球场活蹦乱跳的年轻小子，椎间盘突出、坐骨神经痛这种印象中的老年病，我体会不了。我的回信如此敷衍，叫她别多想了，好好休息、热敷，去医院看看骨科。

我没做任何实质性的帮助——事实上，任何人都是如此，他人之痛，我们理解，或者不理解，总之，都是无能为力。

她低头看着信纸，突然说："邵然，平义这些年，一直坚持每年来看我。他向我求婚了。"

我心里微微震动，这消息对我来说有些意外，但我却掩饰了心绪，只是说：“平义是个靠得住的人。”

她没再说话，表情格外平静，继续一封封翻阅我们的旧信件，终于有一瞬，她的目光停留在某封信上。

也许是突然看见一句话，她脸上泛起一笑。像想起些什么，她说：“邵然，那会儿我读《今生今世》，还经常给你摘抄……你没有觉得无聊吧？胡兰成在书里面提到——

> 爱玲喜在房门外窥我坐在房中。她写道：“他一人坐在沙发上，房里有金粉金沙深埋的宁静，外面风雨琳琅，漫山遍野都是今天。”

我佯装低头看信纸，听到这样一句话，心像被什么击中，起了涛声。

她依然是低头看着信纸，没有看我，却分明说：“邵然——谢谢你来看我。今天对我来说，就是这样的。”

2.

我原以为生命会有几多壮丽，至少不输给山川湖海，繁星满天。但回过头去看，三十年，竟然就如白驹过隙，伸手抓去，不过一把空风。

但这是我一生中，如黄金般最美好的三十年。

幼时往事还历历在目，近似昨天。反倒是另一些人，明明相遇于其后，却觉得她那么遥远，那么遥远，远在我记忆的黑洞中，靠近不得：连光都不放过，过去未来，前吞后咽。

我们已经三十岁。

在我幼年的时候，三十岁对我们来说，遥远得不可想象，仿佛已是人生尽头。是什么时候开始，幼儿们会在大妈或保姆的教导下，甜甜地叫我叔叔好。白杨还对我抱怨，说她初三的时候，在公车上就有人叫她阿姨了，气得她恼羞成怒地下了车。

清晨六点，我昏昏沉沉被什么声音吵醒，睁开眼睛，平义已经起床了。

昨夜明明是他的婚前派对，却只有他一个人没喝酒，在一旁陪我们，干巴巴地打哈欠。好几个朋友玩儿开了，大家在他家里喝得东倒西歪，直接睡了地铺。

一大早，他一个人站在窗子边上穿衬衣，回过头来看我一眼，又黑又瘦，一时没看清楚还吓我一跳，以为是陌生人。

在外一年，他彻底晒成一个快乐的农夫了。

“伴郎，起床了。”他一边毫不客气地叫我，一边拉开窗帘。

我本能地伸手挡住眼前的光，却发现这冬日的雾江，天还没亮。我说：“什么时候你黑成这样了，天没亮都看不见你了。”

他笑，说：“你们知道我白过就行了。我们生的孩子肯定很白。”

我也笑。

我赖在床上，懒懒地问他：“怎么着，你打算结了婚之后，继续在无国界？”

他扣好了衬衣的扣子，说：“我也不知道。结了婚，那是要讲责任的。要养家。”

“凭你的本事，那不是问题。”

他没说话，径自走到卧室门口去，拉上门之前回过头来对我说：“困就再睡一会儿，不急。”

在雾江老家，平义与邱天的婚礼，设在那一座乡间的老教堂里。教堂连同它旁边的神学书院，是由一位法国传教士花费十三年修建完工的。二十年前，幼年的我们曾经在春游时，去过那里。当年我在教堂脚下徘徊的那个下午，怎会想到未来会这样漫长，会有这么多故事。

一座大大的四合院儿，坐西向东，正堂、南北耳房和西楼皆拱廊立柱，灰黑屋瓦，台阶上已长满了野草，白色的教堂被青苔和淫雨舔成了黛色，顶上长出了灌木杂草，像老人的须发，静静寂寂地站在半山腰：一百多年就这么过去了。

一百年时间里，教堂和书院历经几次劫数，渐渐磨出了岁月应有的样子：该消失的消失了，该留下的留下了。

冬日的南方，雨后，云山茫茫，草木黯然。教堂静立半山腰，远望像一块岁月的碑——世间万物，熬不过去的，岁月磨灭它；熬过去了的，岁月反倒装饰了它。

我们站在教堂前等待新娘邱天。她终于来了，而扶着她下车来的伴娘，是邱叶。邱叶为她打着伞，面容平静，仿佛什么也没有发生过，她们生来就是一对姐妹。

淫雨霏霏，四下静谧无声。我想起前一夜的单身派对，邱天对我说：“这次肯回来办婚礼，到底还是因为邱叶。可能是她看到我缺条腿这样子，原谅我了吧……我真是……感谢老天让我缺这条腿，要不然，我一无所缺的话，大概一辈子都没法面对她了，也没法面对爸妈。我始终觉得，我的一切都是从她那里偷来的。”

我安慰她：“邱天，这一切都不是你的错，何必自责？”

邱天又说：“到现在，我才发现，我连一个能做伴娘的朋友都没有。要不是邱叶，我连一个伴娘都找不到吧？和我最亲的朋友，只有你。可你既不是我的伴娘，也没做我的新郎。”

邱天是凑在我耳边说的这句话。我已经醉了，不知道怎么回她。我侧过脸望着她，看到她眼里的泪，饱满如一汪荷上露，却始终，始终没有滚下来。

那一刻我才察觉，儿时掉落在我花园里的那一颗樱桃，已经长成了一棵青绿的树。

瓦格纳歌剧《罗恩格林》第三幕的混声合唱响起，这支经典婚礼曲目我在电影里听过无数次，却只有这一次，叫我终生难忘。

我陪着平义，站在破旧的圣坛前，看着邱叶搀扶着邱天，一步步走上前来。她走得这样认真而持重，仿佛往事郑重其事地造访，携带着我们青春的讣告。

真的要感谢上帝——谢谢我们的本地神父那口奇突的雾江郊县方言，像一段歌剧中突然冒出来的二胡，恰到好处地打破了这等百感交集、哀喜相承的情境，让人哭笑不得——否则我早已哭出来了。

可这眼泪是为了什么，我也说不上来。

可能真的就是为了在这个无常的世界，那句恒常的誓言：

你，是否愿意娶她为妻，按照《圣经》的教训，在神面前和她结为一体，爱她、安慰她、尊重她、保护她，像你爱自己一样，不论疾病或是健康、富有或是贫穷，始终忠于她，直到离开这个世界？

我愿意。

……

交换戒指与亲吻。神父宣布他们成为夫妻。他又带领他们，一句句宣读下去：

我生命中的伴侣和我唯一的爱人。

我将珍惜我们的友谊，爱你，不论是现在，将来，还是永远。

我会信任你，尊敬你，

我将和你一起欢笑，一起哭泣。

……

你爱的人将成为我爱的人，

你的主也会成为我的主。

你在哪里死去，我也将和你一起在那里被埋葬，

也许主要求我做得更多，但是不论发生任何事情，都

会有你在身边生死相随。

感谢神父以这般亲切而滑稽的本地口音，念诵这等深情誓言，让我们脸上始终难抑笑容——否则我不知道怎么去解释，我会在他们的今天流泪。

我站在一个逆光处，看着他们的背影，那背影显得如此合衬，好像一生风雨都穿不透的一道墙。

疏疏掌声，徐徐响起。

那掌声仿佛在送别过去的日子，它们如扬尘一般，撒向了岁月深处，不可寻。

我想，誓言之美，不在于它能对抗世事无常，而在于，今生今世，有那么一瞬间，我们曾经愿意去相信它能。

3.

到我结婚时，已懒得操办什么复杂婚礼。扯了证之后，简简单单请了三个老朋友来相聚，邱天、平义、游冬、我、我年轻的妻子。几个人，各自携带一份我的童年、少年、青年时代，辗转千山万水，从世界各地来到这一间地下室小酒吧，为我相聚。

情谊如此难得，叫我喜不自胜。我年轻的妻子，笑容像宁静的月光，如此皎洁。餐厅里放背景音乐，节奏疏朗、轻快的电影《佐罗》原声带，流动如艳红裙摆一样的吉他声、手鼓声，曲调如此优柔而欢快，像海鸥掠过金色大海，再应景不过了。

映衬着一屋子人的欢声笑语，我牵着妻子的手站起来，在疏疏掌声中，相拥轻轻跳了一曲舞。不知道谁吹了口哨，声如百灵冲破云霄。

岁月终于恢复了应有的温柔模样，我闭上眼睛，觉得什么都想不起来了。

或者，什么也不愿再想起来。

跳完舞，我们坐下继续喝酒、吃薯条、欢笑畅谈。夜已深，我轻轻旋转着手中的酒杯，看着这一桌子狼藉而热闹的青春，感慨万千。

换了乐声，一首老歌，不知何时悄悄响起，是电影《廊桥遗梦》里的配乐，《It Was Almost Like a Song》[①]，二十世纪七十年代的乡村歌手名作，在电影里被改编成了爵士版本，更出彩：唱歌的老男人，一副烟熏火燎的嗓子，浑厚如旧梦，歌声像一缕蓝烟在黑暗角落里缓缓缭绕，似有似无的轻轻吉他，如泣如诉，令人心碎。

Once in every life
Someone comes along
And you came to me
It was almost like a song

---

① It Was Almost Like a Song：电影《廊桥遗梦》插曲，中文译名为《如歌》。歌词大意为：
每段生命中/都曾是人来人往/而你来到我身边/往事如歌
你也曾以我的怀抱/作为归宿/我们曾如此相爱/往事如歌
一月至十二月/我们度过那么完美的一年/其后火焰化为余烬/一瞬间你已消失
如今我心破碎/夜夜哭泣/往事如歌/却悲伤得无法言说

You were in my arms
Right where you belong
We were so in love
It was almost like a song

January through December
We had such a perfect year
Then the flame became a dying ember
All at once you weren't here

Now my broken heart
Cries for you each night
And it's almost like a song
But it's much too sad to write

We were so in love
It was almost like a song
January through December
We had such a perfect year
Then the flame became a dying ember

All at once you weren't here
Now my broken heart
Cries for you each night
And It's almost like a song

But it's much too sad to write

Much too sad to write

It was almost like a song

我突然垂目，盯着手里的酒杯，感觉往事像一个沉默的身影，穿着黑色大衣、戴着黑色礼帽，静静出现，默默站在我身后看着我。

使我不堪回首。

一瞬间不期而遇的安静，五个人都沉默下来。只有这歌声弥漫在无限宽广的回忆之荒原。

游冬看着我，满眼醉意，说："你们老朋友难得一聚，怎么没请谭黄他们来？"

从游冬那里听他说出弹簧的名字来，我有些错位感。但世界实在太小，命运的节外生枝，有时能超出想象。

我开玩笑道："这不是怕你不放过他嘛。我可不要喜事儿变成丧事儿。"

游冬一笑，说："我要是真不放过他，我今天还能坐在这儿吗——说到这个，还是得谢谢你开导我。"

我盯着酒杯，沉默不语。

游冬又说："邵然，去年柔山离婚了。"

我心里像被什么钳了一把，装作不经意地伸手旋转着玻璃杯，轻轻地说："怎么了呢？"

游冬伸懒腰，身子斜躺在椅子上，看着我，淡淡地说："不知道。合不来吧，闪婚闪离。那男的我还认识，说婚前没有见过柔山卸妆后的样子，结婚后见了，说不是同一个人。想想觉得恐怖，就离了。”

“差别有这么大？”

“嗯，是挺大的。”

游冬顿了顿，又有些犹豫地，对我说——

“柔山离婚前有一段时间，我和她还经常打电话联系。有一次她打过来，她那边的凌晨三点钟，我这边的下午三点钟。她被客人灌得很醉，一个人回家。我问她，你老公呢，怎么不来接你。她说，老公早都睡了。

“她老公性子粗，总觉得柔山都这么大的人了，又不是孩子，接什么接。

“她跟我问起你过得好不好。我说挺好的。她跟我说：‘从前我老嫌弃邵然，嫌他骑个破自行车来接我，端个保温桶来找我，唠叨我别喝酒，唠叨我别熬夜。一个大男人真婆妈啊，丢死人了。等人过三十，想稳定了，有时候到了大晚上，一个人回去，想有个人来接一下自己了，想吃吃家里做的饭了，喝醉了想有人来管了……才明白，自己错过了些什么。’”

游冬又说：“我一直没跟你说这些，怕你听了这些话，又陷进去，走不出来。”

我听完，不作一言，只是低头喝了一口酒。

从前我爱着柔山的时候，我用以确定我有多爱她的标尺，就是每当我想象，如果她有一天睡在别人的枕边，如果她被拥在别人的怀里……我该有多心碎，我该有多失落。

如今，我真的听到了这样的消息，却不过如此，只低头喝一杯酒。

平义一拍我的脑袋，说：“当着老婆的面你们也好说这些，过分了啊。”

邱天夫唱妇随，补了一句：“就是，太过分了。”

我抬起头看着邱天，又看看妻子，非常抱歉地笑了笑。妻子却比我坦然，宽宏大量地说：“谁还没个历史？结婚过日子就别计较这些。”

对于和她之间这份宽宏和平淡，我十分感激。我伸出手握着她的手，半开玩笑地认错道：“过日子更要计较，我错了我错了，以后不提了，不提。”我冲平义抬了抬下巴，大家都笑了。

时光驯服一切，我与往事之间，像回声，再怎么千回百转，终究消失在山谷。

至此，生命的春夏大约已渐入尾声，立秋在近。想起木心先生写的一首诗，用它作为对岁月的吊唁，再无更贴切的了：

从前慢

记得早先少年时
大家诚诚恳恳
说一句　是一句

清早上火车站
长街黑暗无行人

卖豆浆的小店冒着热气

从前的日色变得慢
车，马，邮件都慢
一生只够爱一个人

从前的锁也好看
钥匙精美有样子
你锁了 人家就懂了

图书在版编目（CIP）数据

平生欢 / 七堇年著. — 杭州：浙江文艺出版社，2018.3

ISBN 978-7-5339-5138-2

Ⅰ.①平… Ⅱ.①七… Ⅲ.①长篇小说－中国－当代 Ⅳ.①I247.5

中国版本图书馆CIP数据核字（2017）第302410号

责任编辑 陈 坚
特约监制 王传先 张雪子
特约编辑 李晓晔
封面设计 46设计

平生欢
七堇年 著

出版发行 浙江文艺出版社
地 址 杭州市体育场路347号 邮编 310006
网 址 www.zjwycbs.cn
经 销 浙江省新华书店集团有限公司
印 刷 北京嘉业印刷厂
开 本 880毫米×1230毫米 1/32
字 数 214千字
印 张 8.75
版 次 2018年3月第1版 2018年3月第1次印刷
书 号 ISBN 978-7-5339-5138-2
定 价 42.00元